U0098963

關於十四

陳金漢◎著

浮生千山路

詞：陳幸蕙 曲：陳志遠 演唱：潘越雲

小溪春深處 萬千碧柳蔭
不記來時路 心托明月 誰家今夜扁舟子
長溝流月去 煙樹滿晴川
獨立人無語 驀然回首 紅塵猶有未歸人
行到水窮處 坐看雲起時
涼淨風恬 人間依舊 細數浮生千萬緒

春遲遲 燕子天涯
草萋萋 少年人老
水悠悠 繁華已過
人間咫尺千山路

民國七十四年，我念大三，兩位陳老師和潘越雲共同譜出了這首絕美的歌，令人深深著迷，喜歡至今，我將歌名援引為序名，只因為，繁華已過，少年人老，我是浮生微塵，也是紅塵未歸人。

二〇一二年初，我罹患了重大罕見疾病，學名叫「威格納氏肉芽腫血管炎」。上網一查，才知道是種一般人未聞、黃種人少有、死亡率極高且原因不明的怪病。

鼻腔嚴重潰瘍，鼻血不時像關不緊的水龍頭般滴滴答答，半邊臉痛得無以名狀，就連風吹髮梢也感到疼痛；我幾度痛到以頭撞牆、撞車窗和書桌，試圖以痛止痛；最後，我只能被迫選擇服用類嗎啡。

謹遵醫囑，我暫停所有工作，試著學習像嬰兒般放空一切。一試，才知我心已濁，濁混到連最簡單的事也感到心餘力絀。

當臨生死邊緣時，腦海中第一個浮現的人，是垂垂孱弱的老母親。

如果還有明天，我該怎樣裝扮我的臉？如果沒有明天，我又該如何說再見？我試圖堅強，開始寫遺囑，分配那些我可能已來不及花的財產，想為人生劃上一個簡單而清楚的句點。

但，每每想到老母聞訊那一瞬的顫然咧嘴崩泣，我所有的簡單和清楚都變成了複雜和模糊，所有努力築起的堅強也隨之崩解；老母親給了我一生，我卻只能留給她一個傷絕的割痛；如果老天肯賜給臨死邊緣的人一個薄願，我只願，只願老母親先我而走。

一盞闃暗的昏燈，一本無心翻閱的書，我，一個人，默默傾聽著淚水想對自己和老母親所說的話，在夜闌人靜的病房裡。

我，是浮生微塵，也是紅塵未歸人，病榻中，我細數著人生千萬緒。

二十載法庭上爭執的歲月，我不斷努力的查找證物資料和實務判決，條理清晰的分析案情，再包裝成符合法律要件的事實和法官所要的賣相，竭盡所能的爭執和說服，只為一個目的，贏。贏得官司，贏得讚賞，也贏得高酬勞；然，某些原有的基本價值也在爭勝爭贏的過程中逐漸流失，人性在流失，誠摯在流失，公理正義也在流失。

因為，包裝過的事實往往不會完全是真相。

每個律師都清楚，某些時候，某些案件，尤其是刑案，為了贏得官司，我們都只是一個專業的包裝師，包裝一個扭曲的事實。當然，最後實踐的也只是一份扭曲的正義；在打贏官司的過程中，也可能同時踐踏了公理和正義；只因為，律師往往讓勝訴及被告的期待凌駕於真相追求之上，然而忘卻了，法律上的無罪並不等同於事實上的清白。

律師和包裝廠的女工是否不同？如不同，也只是律師的報酬比較高罷了。

如果你不同意，那就當成作者說自己。

二十年來，我打贏過很多官司，然而真正實現過的公理正義，卻是寥寥。

休養復健半年後，我病況已癒泰半，卻發現自己對工作已失去了年輕時的熱忱，我不再接新案，不想再花心思為複雜的案情抽絲剝繭；只想著：如果現在就是人生的終點，我留下什麼？我活著，再一個同樣的二十年，我的生命又將剩下什麼？我想，除了銀行帳戶數字變多了一點外，什麼都沒有，真的什麼都沒有。

回首來時路，原以為精采燦爛，卻驚見生命的園圃裡只是一片荒蕪，一片令人心驚膽顫的貧乏與荒蕪。

過去我所有努力的工作，為的也只是活著，而活著，又是為了什麼？

我不清楚罹患了重大罕見疾病，我的未來還能有多遠，只希望再寫一本書，為貧乏荒蕪的園圃再撒一粒種子，再長一株苗。

我從沒修過任何一門文學創作課程，也沒閱讀過大量的經典名著，我甚至於連小說和散文都不知道如何正確的分辨，更稱不上是個作家；我，只是對人生比較計較，對人性比較敏感，也喜歡挑戰自己敏銳的神經罷了。

生與死，亙古以來即是人類的大議題。

我必須強調，我並沒有足以探索生死問題的慧根，只是試圖從一個法律人的角度來測度生死存在於法律與道德間的溫度。

當不婚不孕成為社會普象，借腹生子就成了倫理道德和法律上的大哉問，然法律明文禁止並無法消弭事實的存在。

死亡，是痛苦和恐懼的總和。

人在死亡前，身心都不可能有真正的安寧和安樂，安靜不等同於安寧，安靜只因於無法駕馭內心洶湧的靜默，所以安寧病房並沒有真正的安寧，安樂死也沒有真正的安樂，那只是活人騙死人的虛話；垂死的人在生死間只有尊嚴問題，有尊嚴的死亡讓人生更添光澤，所以安樂死應正名為尊嚴死。

自殺無罪；自殺，是勇氣。但，自殺是不道德的自私和愚勇，也只是懦弱者最終選擇的依歸。

加工自殺有罪；在戰場上對傷重垂死也求死的同袍補一槍，是道德也是勇氣，但法律上是殺人。

生與死，只是人世間短暫的來與去；然，某些時候，法律卻強制規範，人不該如何生，也不能怎麼死，卻不管人是怎麼活。

法律，在問生問死之外，是否更該問尊嚴？

同性戀，是病？是錯？還是性取向的偏差？如果是病，那醫院是否應該廣設門診專科？如果是錯，那是誰的錯？是自己？是遺傳？是環境？還是上天給的錯？如果非病非錯，那麼，世人的眼光為什麼要有顏色？

同志該不該享有婚姻權？能不能擁有子女撫育權？還是只能任由他們做個情感的詐欺犯，應俗的結一場紙婚，永遠做一個紅太陽下的黑靈魂？

人生中的某些遺憾，往往始於小錯而終於大謬，友情親情皆然。

親子關係，在我們社會經常處於失衡狀態。某部分源自於為父母者過度委曲求全的隱忍，某部分則是過度膨脹炫耀的包裝；不論好壞，孩子都不該只是父母化妝箱裡的一塊粉餅或一支眉筆，撲抹過濃畫得太重都會傷害和形變，而總有一天，你終將得卸妝現形，面對濃妝豔抹後千瘡百孔的傷害。

為父為母者，無不竭盡所能傾盡所有栽培子女，希望讓孩子成才成器，成為人中龍鳳。如果能把孩子栽培成博士、醫師、律師、法官、會計師或其他大成就者，那是父母一生的榮耀；然，當為父為母者發現自己苦心栽培的孩子，在有了成就之後，最終卻淪為宵小，為父為母的你必須坦承，你仍只是一個失敗的父母。

有教養有成就的博士、醫師、律師或法官，真的會淪為宵小竊犯？別懷疑，這個社會隨處可見，只是，這種慣竊最終所受的懲罰不適法律，而是，天譴。

企業家之所以偉大，乃在於他們是篳路藍縷的創造者，他們為自己和別人創造了光采的人生；而不能創新的企業家第二代第三代，縱使坐擁金山銀海，也只是一個有錢的庸者，因為他們只能擁有一個繼承而來的盜版人生；別說偉大，他們甚至連優秀也稱不上。

一個人該如何告別人生？

我們常參加親友的告別式，聽過許多大人物的祭文，每個聽起來都文情並茂，實際上卻生冷矯作，空洞無物。明明是一個你熟稔的親友，卻在大人物口中變成一個陌生的人，講得愈多愈陌生，陌生到讓人覺得不曾相識，因為他們都把烏鴉講成孔雀，把蒼蠅變蝴蝶。

「生前告別式」是我的第一篇小說，在電腦檔案夾裡躺了兩年多，如今翻閱，處處可見不成熟的生冷刻工，但我仍將它蒐錄做為人生的留念，因為它雖不類阿瘦總裁羅水木熬過死劫，瀕死重生後轉念的生前告別，但卻有著另一番的感動。不，是對人性有著某種程度的感觸。

讀書可以美容。以前老師這樣告訴我們，不論男女都一樣。

曾幾何時，這句話已經鮮少有人相信；在百貨公司的專櫃，如浪的人潮排隊搶購一瓶上萬元的美容保養品或名牌包，卻捨不得走進書店掏兩三百元買一本書；醫美診所一家一家開，書店卻一家一家倒，為什麼？我不知道。

前不久，大陸作家莫言榮獲諾貝爾文學獎，令全世界華人備感光榮；我想，若干年後，台灣是否也將會出現第一位諾貝爾文學獎的大文豪？我希望。然而，當台北人引以為傲的重慶書街，紛紛吹起了熄燈號和倒店潮；又每當走到書局或上網路書店，看到美容、瘦身、寫真、食譜及致富投資術的書籍充斥，其所佔的格位及數量遠遠大於文學書籍時，著實感嘆和茫然，希望變奢望。

我深信，再過一百年，台灣也不會有諾貝爾文學獎作家的誕生。

C·O·N·T·E·N·T·S

C·O·N·T·E·N·T·S 

彩瓦，吹進了荒村的巷弄，鑽進我的衣袖，服貼在我的每一寸肌膚，沉落心底。

⑪ 子宮出租 187

兩造不論誰輸誰贏，就是只有孩子不能輸，這是法官的義務。如果孩子輸了，沒有人會是贏家；孩子贏了，輸家也會變贏家。為了孩子，敗訴的一方，不論將有多少的眼淚和傷痛，都應有割捨的大愛；勝訴的一方也應體悟，你贏得的是一份對孩子的責任和義務。

⑫ 生前告別式 204

他們都逕自打理著塑膠袋行囊裡一堆雜亂而不值錢的家當，彷彿周身的繁華和喧鬧，一切只是無關的存在，他們偶爾將眼神飄向來往人群，試圖尋找一個交錯的空間，但，冷漠是一面透明的牆，讓他們只能與世人在同一個舞台上演著不同的戲碼。

1. 死亡醫生

頂著三分小平頭，肩掛著旅行背包，走出台北監獄大門，駐足仰望著八月的艷陽，我深深吸了一口氣，試著感受一下監獄內外的空氣是否真的不同。

一樣狹小車多的桃鶯路，一樣的吵雜和汙濁。

像我這樣的人，到哪裡不都一樣，坐牢，像是和尚入山修行，只是我仍質疑著，我只是多了一份法律所欠缺的道德勇氣而已，我竟成了殺人犯？救死是否也如救生？我依然迷惑，顯然，兩年的潛修仍無法讓我智慧得可以醒迷於途。

我從電腦螢幕將視線移向窗外的一片翠綠，再移向矮櫃上的相框，凝視著照片中的兩個陌生人。

他們曾經是醫學院裡人人稱羨的金童玉女，曾經一起在陽明山上數星星，一起無數個纏綿的夜。曾幾何時，夜，已不再纏綿，不再有星月。

路，總是這樣，走遠了，必有分岔，無法攜手偕老，只好分道揚鑣，熟路變陌路。

算算山居的日子也快滿六年了，老李夫妻是我的鄰居，夫妻倆相差十六歲，都是喪偶再婚，生活上簡單而恩愛。我們每天早上六點鐘一起去爬亞痲山，八點一起早餐，十點半我開門看診，看診前我有兩個小時可以看看書，聽聽音樂，再和我的九官說說鳥話。

我的診所每天不會超過三個病人，更精確的說，每個月至少有十天沒病人，不過來泡茶聊天的人倒不少，我的病人有個特色，不是老人就是小孩。

擔任馬偕醫院急診室大夜班值班醫師是我畢業後的第一份工作，每天晚上湧進百名以上的病患及家屬，從高燒、腸胃炎、打架到車禍都有，病床、椅子甚至地板上，整個急診室人滿為患，救護車咿嗡咿嗡煩躁不安的來回穿梭不停，如果不是潔亮的燈光和地板，真不知這急診室跟難民營有何差別？

凌晨四點多，有一個傷患被朋友送進來，全身酒氣，手掌鮮血不斷滴流，一進門即大聲咆哮著：「失火了！馬偕失火了！快逃喔！」「護士，叫醫師馬上給我滾出來。」每個人正錯愕之際，推車上的器材及藥品已被掃落一地，幾滴血噴濺到我身上，保全人員制止時，更以滴血的手，指罵著保全：「你一個月領多少錢？月薪不到三萬的人敢來碰我？犯賤嗎？給我滾到一邊去。」

隨後被保全強制綑綁在病床上，然，綁住了手腳卻綁不住他的髒嘴，以婀娜的怪腔怪調怒叫著同來的友人：「姐姐、翠娥、青霞、韶涵，眾家姐妹都給我過來，幫我鬆開，心悔我想要尿尿。」每個藝名都叫得流利順口，只見同來的男性朋友紛紛側臉轉身，沒人搭理。

活見鬼一般，我心中已然明白，低頭看著濺到血的雙手，以酒精不斷的擦拭著。

又一次，救護車上急推下一個奄奄一息的傷患，左胸及右大腿各中一彈，胸膛的鮮血汩湧，只見一黑衣男搭肩將我拉到一旁，右手伸進口袋，以一硬物抵住我的腰：「醫師，只有兩件事，第一，先救我朋友，我們沒空排隊；第二，不准報警。救活了，我還會大謝特謝，救死了，就等著瞧！做醫生的都是聰明人，其他你自己看著辦，不好意思。」說完順手將一疊鈔票塞進了我的口袋。

我的手，在發抖。

自從慶生醫院關門後，林森北路特有的色彩就染黑了馬偕。

不久後，我辭職了。

隔年，我應聘到板橋文化路一家頗負盛名的耳鼻喉科診所，月薪十五萬，看診超過一定病患數時再按人頭「累進抽佣」，第一次聽到醫院可以經營得像多層次傳銷。

院長加三個受聘醫師，掛號櫃檯就需兩位小姐，健保卡一張接一張的刷，每診一掛就是八十幾號。每間診房約莫四五坪大，一張床、一張血壓椅、一個蒸氣清鼻器、一台電腦、兩台診療椅，一個醫師、三個護理人員，加上病患及陪同家屬，斗室間顯得擁擠忙碌，卻也流暢協調，平均每三分鐘看完一個病患，最重要的是，每個患者總是苦著臉來笑著臉走，院長的成功顯然有著醫學外的元素。

一開始，院長撥了一些初診及醫病關係較生澀的病患給我，不久後，回診率低得可憐，偶有回診的客戶，卻都指定要院長或其他醫師看診，我每診的病患只剩十幾個，顯然無法達到低標。

我自認為十分專業與認真，不知為何還是無法獲得病人的信賴？

我懷疑自己是否是個適任的醫生？

有人說，大多數的醫師只是一隻聰明的驢子，而那只會向後蹬腳的驢子又如何蛻變成駿馬呢？有次院長下診後這樣問我。

首先，要主動親切開口問幾句病情外的私話，例如，最近生意如何？這次月考考得好不好？上回來說要去做心算檢定過了沒？如果過了，就對家長說：早知道你兒子有天份；沒過，就對孩子說：你這麼聰明怎會沒過，一定是不夠專心對吧？加油！下次絕對沒問題。不管大人小孩都喜歡這一套。

醫病關係近了，就約他下次再回診的時間，這樣一來，每個病人不論病況好了沒，至少都得看診兩次。也許這不免有游移在醫德邊緣的爭議，但，這是拜健保制度所賜，把醫生都逼成了生意人。

最後就是開藥技巧了，現代人沒耐性，一般病人同一個醫生看兩次沒好就不會再來了，尤其是從別家診所過來的病患，下藥就需更特別，你或許可以參考一下我的電腦檔案。

看了幾個檔案後，令我驚愕不已，我故作鎮定的離開，抬頭看著高掛在候診室牆上那塊「仁心仁術」木刻大匾額。

一路上想著，我們有全民健保，一般人愛看病愛吃藥，加上又有愛開重藥的醫生，難怪洗腎率全世界第一，病人可以無知，醫生呢？小病看名醫，名醫下重藥，若干年後，小病變大病，沒人知道，那是名醫送你的。

人醫跟獸醫要如何區別？是否當寵物的地位提升到跟人一樣，或甚至比人更高時，人醫跟獸醫就無所區別了？

這是我第二次懷疑自己是否是個適任的醫生？

兩個月後，我又辭職了。

後來，我進了一家署立醫院，薪水不到之前診所的一半，雖然開會時上司會暗示你看診數的多寡，但，至少是份有保障的公職，也不會有人干涉你如何開藥。

兩年後，我結婚了，太太是我們醫學院裡公認的院花，是那種不用太妝點就美得冒泡的氣質美女，曾待過兩家大醫院，結婚時擔任某醫院外科醫師，婚後岳父送我們一幢位於仁愛路上八十幾坪的豪宅。

兩個人外加一隻狗，我不知道為甚麼要住這麼大？

妻每天順路送我上下班，我覺得自己像是個每天早晚都被母親接送的小學生，直到半年後我堅持自己搭公車為止。

某天，回家時看到一個客人與妻在客廳聊天，我點頭招呼後逕自走往書房，年輕人趕緊起身，匆匆和我握手作揖後迅速離開。

家裡向來少有生客，怎會突然……？正狐疑時，妻突然從更衣間傳來隔牆話：「老公，今晚我去參加朋友的生日趴，剛那位先生是D藥廠的業務代表，你就盡力幫忙一下。」

突然間，想起了一個多月前來醫院拜訪被我拒絕的那個藥廠業代。

晚餐時，發現餐桌上多了一個沒裝水果的水果禮盒。

第二天我將禮盒連同名片送交政風室。

不久，我被調到了澎湖。

不知何時起，總是素顏的妻開始喜歡妝點自己，每天坐在化妝檯的時間越來越長，配合衣著，塗抹著不同顏色的口紅，穿戴不同款式的耳環和首飾。

女為悅己者容，愛美是權利也是天性；我沒多問，也沒讚美，因為那不是我喜歡的美。只是，我們之間的話越來越少，彼此越來越陌生。

直到有一天，無意間在更衣室裡看見三個未剪價標的名牌包，每個標價都高過我的薪水，我知道，遲早我們終將變成兩條永不交叉的平行線，各自承載著人生不同的重量。

我每星期回台北一次，每次回家都覺得有點怪，沙發電視冰箱全換了，東西越買越高檔，我對這個家卻越來越陌生。就連妻的妝扮也越來越誇張，有次一進門，發現妻變得像維納斯，但我必須強調，只有鼻子像，她得意的擺個姿勢，站在我面前等待我的讚美。天啊！是否每個女生都認為自己隆鼻後就會變成維納斯？美容和毀容，我不知該如何分辨，如果有畢卡索的藝術天份，或許我就能給她一點讚美。

我狠瞪了她一眼。

妻斂收笑意，一副無所謂的淡定，因為她早已不再為我而美麗。

聽妻說岳父出資兩千萬，要給我們在台北市東區商圈開一家醫美整型診所，分成三股，已快裝潢好，預計下個月底開幕，她上個月辭職了。

妻眉飛色舞的敘說著這些日子她是如何努力在時尚圈和影藝圈結識名人和建立人脈，推估每月收入至少是現在的四五倍以上。

我以不屑的表情翻閱著雜誌。

妻偏過頭提高聲調：如果你沒意願，有一位任職台大醫院外科主任的學長會加入。還有，修正一下你的冷態度和舊思維，我知道你骨子裡在想甚麼；幫一個人變美，會使一個人更自信，改變她的人生，就如同醫好一個病人的宿疾一樣，醫美醫師甚至比那只會割包皮的醫生更值得尊敬。

說完隨即掛著她得意的維納斯鼻子出門去了。

妻怎麼了？我怎麼了？還是，這個城市怎麼了？

如果醫師的高所得高社會地位對偏遠地區的醫療毫無幫助，而只是讓台北東區的醫美診所更加聚集林立，這種經濟上的不平等和社會上崇高的地位，是否應該受到質疑？醫學生都擁有功課上頂尖的天賦，而當醫生們把整型美容看得比醫疾救人更吸引人時，這種天賦是否也應該受到質疑？醫生期待社會的是甚麼？這個社會期待醫生的又是甚麼？我們是否應該學會彼此分享命運？還是該在財富的追逐中庸俗一份命運裡的天賦？

整晚，我在想。

從那一晚起，我們再也沒有同床過。

陌生了，一覺醒來，豪宅內的一切都變得更陌生了，陌生的沙發、陌生的桌椅和一個陌生的妻。我們不再談話，不再一起吃飯，不再一起喝咖啡，也不再做愛，妻變成了我最熟悉的陌生人，生活中早已沒有甚麼可以分享，彼此只像空氣一樣漂浮在同一屋簷下。

兩個結婚的陌生人住在一起算不算一個家？我暗想著。

該來的總是擋不了，就像空難一樣，想逃也逃不掉。

我們離婚了，在醫美中心開幕的前一天。

我原以為妻會任性的在我面前大哭一場，心裡想了好幾套安慰的措詞，然，從她見面時的燦笑裡，我秤到我這個丈夫的斤兩，用十年經營所得的感情，我們在十分鐘內花用殆盡，婚姻，是否向來就是這麼一回事？

原來，離婚比結婚還容易，因為任何人都不必為了和一個陌生人分開而難過，我們都認為分手是美好的結局，除了感謝對方曾經相陪一段路，我們沒有多餘的傷感。

辦完手續，妻亮給我一張岳父的兩百萬元支票，我不明用意，是同情？是買斷？還是酬謝我多年牛郎般的夜渡資？但，這更堅定了我的選擇。

我拎著一只皮箱走向捷運站，尋找下一個屬於我的地方。

這個島嶼，很多地方我都玩過，但更多的地方根本沒去過，許多鄉鎮還是這些年來因天災才由媒體報導而聽聞，甚至是因土石流滅村才銘刻於心。

離婚後，我參加了慈濟舉辦的偏遠山區義診醫療團，這是我第一次來到如此超乎想像的偏遠聚落，一個只有二十幾戶人家的小聚落，其中十幾戶群聚，另幾戶散落在數公里甚或十餘公里外的深山裡。

義診團每半年來一次，每次停留兩星期。

村長帶我到幾公里外一戶用破舊鐵皮屋搭蓋的人家，我們翻山越嶺走了快兩小時，這戶人家只住祖孫兩人，沒電沒瓦斯，孫子念小四，每天上學得來回走四小時的山路，父親到城裡打零工，聽說已好幾年沒回來過，祖父一個月前上山摘野菜，不慎被樹枝割傷，骨瘦如柴的身軀拖著腫脹得如象腿的右腳，一見到我和村長，老人家猶奮力拄杖挪步為我們倒杯水，顫抖的遞過用竹節做的水杯。

村長說山路不便，他只能每兩星期到各戶人家巡視一次，上次來還沒那麼嚴重。

我撫看著老人家脹得紅腫發亮的傷口，那傷口猶如剛汆燙撈起的豬腳般，滲流著紅黃濃濁的血水，還有幾隻不時飛繞沾食的蒼蠅。

當抬頭看到老人家掛在嘴角的淺笑，和那深黝而期待的眼神，我那哽在鼻腔的水，早已不能自已。

遲了，老人家因蜂窩性組織炎而潰爛的右腿恐已難保。

義診，多麼犧牲奉獻而偉人的名詞，但當我了解到他們一年中還有十一個月處於無醫療狀態時，我那犧牲奉獻而偉大的義行，也只是人世間最虛偽最矯情的高貴罷了。

初來乍到時，我心中有千百個疑問，山居苦，山居難，山居大不易，為何山民總是苦守？後來漸漸地明白，山居很苦，但住慣了山裡，下山更苦。以前總認為大城市是鄉下人的夢土，現在終於明白，習慣有時是一條心中永難踰越的溝坎，山民還是寧願住在山裡跟貓頭鷹說話，和野兔捉迷藏，坐擁一片山林，因為山民習慣屬於他們簡單的天地。

大部分的病人都付不起一兩百元的醫藥費，我放一個收費箱任由患者隨意給，有人甚至送把野菜、一籃水果、一支山筍或一斤山豬肉，有時路過也送來，經常診桌上堆滿各色山產和野菜，我的診所活像是一座小廟宇，診桌像供桌，收費箱像是添香油錢的捐獻箱。

老李臥病一年多了，身體每下愈況。

那是一場意外，去年夏末的一個早晨，我和老李夫妻依例一起去爬亞麻山，那是我們熟到閉著眼都能走上一段的山路，尤其是老李，已不知爬過千百回，卻在追賞一隻翩舞的稀有彩蝶時不慎踩空而跌落山谷，我將他急救甦醒後送醫，但因頸椎嚴重受損，脖子以下永久性癱瘓，腦部也因缺氧性受損壞死，有輕微的視障和語障。

突逢巨變，原本聲如洪鐘的老李變得沉默，平日依附的李太太變得十分堅強，每天餵老李三餐軟食，擦澡拍背抽痰把屎尿，推輪椅出去曬曬太陽，陪他聊聊天；我也經常過去探視和幫忙，一天好幾回。

山夜，靜得惹愁。

書房裡的燈，熄了，我聽得見葉落，聽得見自己的呼吸，昏暗的背光裡，看見老李繾綣瑟縮的身軀和李太太啜泣的背影，映透窗格，如一場悲而無聲的電影，映入眼簾，我躺在椅子上，靜靜傾聽淚水和自己說話。

老李的病況愈來越糟，視語障礙加劇，常常語焉不詳和認錯人，頭疼指數和頻率不斷升高，經常在夜裡聽見他淒厲痛苦的嘶嚎，一種撕裂肝腸的淒嚎。

老李夫妻將我視如己出，老李受傷癱瘓讓我有如喪考妣之痛。

「老李，你生日快到了，今年你想要甚麼禮物？」

「救……我吧！」老李顫然的望著我，噙淚的眼神近乎哀求。

我明白老李的意思，頓時因哽咽而語塞，李太太轉身摀臉輕泣。

「我……我恐怕無能為力，但也許……也許會有奇蹟！」

「孩子，你真的想送我一份禮物嗎？那就讓我解脫吧！我不想在痛苦中等待奇蹟，也拒絕在恐懼中慢慢死亡。幫我。」

「老李，要勇敢，不要灰心，絕不能放棄。」

「如果還有希望，我不會放棄；如果有手腳，我會選擇仰藥或跳樓。現在我只能絕食，但我太太不忍，最終還是為我灌食，趁現在還能說話，孩子，我求你，也謝謝你。」

我轉頭看看李太太，只見她淚如雨下。

「再拖，死的恐怕不只我一個人，救生和救死，都應是醫德的一部分，孩子，我相信你有這個智慧。」

「先別想這麼多，你先休息，我們改天再聊。」

老李，請原諒我，我缺的不是智慧，而是，勇氣。

過沒幾天，老李病危，我和幾個朋友用箱型車當救護車，急將老李送到山下的大醫院，沿路上，李太太為他從插管中抽出一灘灘濃黃濁綠的血痰，氧氣筒依然從氧氣罩裡輸送著老李的偽呼吸。

醫判到院前老李已死亡，醫院援例開了死亡證明給李太太，死亡原因：肺炎引發多重器官衰竭。

老李逝故後兩個多月的某日，檢警帶著搜索票，翻遍了我的診所，最後扣押了我的電腦、手機和一些藥品，當我在扣押清單上簽名時，看見扣押案由欄寫著：「涉嫌殺人」。

當天我無保飭回，回到家已是凌晨時分，門首釘著一封信：

王醫師，對不起！

這些日子以來，我內心十分煎熬，天天上教堂禱告。

前幾天，我將所有事實向神父告解，祈求上帝的原諒。

看在上帝的份上，請原諒我，也請體諒神父。

很快的，我被檢方以加工自殺罪起訴，起訴書段載：「……其情雖有可原，但被告卻捨正常醫療方法，明知為被害人注射XXX藥劑，將足以致被害人死亡，被告卻泯滅良心，罔顧醫德，犯後猶飾詞狡辯，毫無悛悔之意，……」

起訴後，媒體開始大篇幅報導這個事件，網路上大量瘋狂點閱及轉載我手機預先錄下的影片，影片中錄下所有在場的證人，我與老李的對話，及我為他注射和死亡的整個過程。

我受到輿論一波波如排浪般的撻伐，尤其是教會和醫學團體，他們用「魔鬼醫生」、「恐怖醫生」、「醫界毒瘤」，甚或以如同美國凱沃基醫師（Dr. Keverkian）的「死亡醫生」（You Don't Know Jack電影中譯）等不堪的詞彙稱呼我。當然，也有些許同情的聲音，只是，這些聲音都像老李夫妻一樣的弱勢。

人不是上帝，沒有任何人可以決定別人的生與死，所以死刑應廢除，墮胎和安樂死也應被禁止，教會團體總是這麼認為。

是的，我不是上帝，但也請不要在告誡別人的時候把話說得好像自己是上帝一樣。

上帝造人？還是人造上帝？我不知道；宗教，某些時候也只是弱者的依靠。

是否，如果不讓病人延長無用的醫療，那麼，藥廠將無法賺大錢？醫生也無法坐享為人類延年益壽的美名？

他們往往不管你是怎麼活，而只問你不能怎麼死。

在檢察官陳述起訴要旨後，承審法官問我是否認罪？

我坦承起訴事實但不認罪，並請問檢察官我何罪之有？

法官耐心為我解說，縱使受人囑託或得其承諾而殺之者，在法律上也是反社會之犯罪行為，應受刑罰的制裁。不論你殺人的背後有如何不得已的動機，有如何充分理由，還是潛藏著何等的仁慈，法官也只能在法律許可的範圍內，依法減輕你的刑責，甚至給予緩刑之判決，但這必須以你認罪認錯為前提，你是知識份子，應該了解法官的意思。

「我沒有殺人，我只是提供給垂死的朋友一個醫生應做的醫療服務而已。」

「那被害人李老先生是否因為你的注射行為而死亡？」

「老李是因我的行為而死亡，但他不算是受害人，嚴格來說，我是助人於死，而老李是受益人。」

「李先生的生命因你的行為而受害死亡，如何稱得上是助人？又如何說是受益人？醫師的職責是救生而不是救死，不是嗎？」

「醫生的職責是幫病人減輕、縮短和結束痛苦，是救生也救死，老李拒絕等待死亡的痛苦和折磨，他期待選擇有尊嚴的死亡，尊嚴的死亡讓老李的人生更添光澤。」

「不論是何等的尊嚴與光澤，死亡就是死亡，安樂死在我國是不被允許的。」

「所以，在我第一次拒絕老李時，他曾說過希望自己是荷蘭人。他的話讓我們窺見我們法律的規定是如何不近人性，如何的醜陋與守舊。法律上不允許是一回事，而事實上的對與錯，又是另一回事；法律處罰一個正確而道德的行為，就是醜陋。」

「是非對錯不應只是你個人主觀的判斷；法官本就可以也應該考量法律背後的道德和尊嚴，但法律有它一定的界限。」

「我們同樣都活在法律的框架內，不同的是，法官重視的是法律本身的尊嚴和界限；而我在乎的是在法律界限外，生者應有的慈悲和垂死的人該有的尊嚴。」

「我很讚賞你慈悲的胸懷，然醫生唯一的天職就是救人，而不是決定別人的生與死，畢竟我們都不是上帝。」

「死罪的法律是國會所制訂，死刑犯是法官依法所裁判，既然我們都不是上帝，無以決定別人的生與死，為何立委和法官卻可以？如果罪大惡極的死刑犯可以被原諒，為何老李痛不欲生的殘命不能被救贖？他生命裡僅剩的尊嚴不能被尊重？我不是上帝，無以決定別人的生與死，然，是老李決定了他自己的生與死。我也不知是否真有上帝？如果真有上帝，上帝垂憐眾生，當賜眾生在生死間保有慈悲和尊嚴。雖然存續生命是一種責任，然，當臨終病患的痛苦已臻極點時，慈悲心就應變得比維生責任更重要了；為何醫生只能救生，卻不能讓生不如死的臨終病人也可以求死？我不懂。」

「《麥田捕手》一書曾寫過：『不成熟的人，渴望為某個理由高貴地犧牲；然而成熟的標記卻是，願意為某種原因謙卑地活下來。』每個人活著都有他的意義存在，不是嗎？你已為朋友的尊嚴高貴地犧牲了；現在，你是否應謙卑地考慮認罪，而免於一場牢災呢？」

「謝謝法官的開釋與恩典。但，在這個案件裡，我寧願選擇是個不成熟的人。」

法官很仁慈，賜我輕判，但我沒認罪，所以沒緩刑。法官沒有錯，因為我知道法官有他應守的法律界限，但我不知道法官是否會被冰冷的法條所凍傷。

我坐牢，因為我渴望為老李的尊嚴死亡高貴地犧牲；我也願意為老李的尊嚴死亡而謙卑地活下來，所以我坐牢。

我在乎看待問題視野的大小，更在乎若干年後我們的子孫是如何看待這則故事；在一個不成熟的國度裡，我，不在乎自己是不是一個成熟的人。

2. 初軌

又來到我們最喜歡的咖啡屋，依然是靠窗的老位置，落地窗讓我們與外面的世界靠得很近，又可以有點隔閡，妳說妳喜歡這樣貼近又不被干擾的感覺。

點一杯妳最喜歡的黑咖啡，啜一小口，微酸微澀、微苦微甘醇，這是屬於我們這半年來的況味。

每次見面，妳總是掛著浮腫的黑眼圈，厚眼袋像兩隻臥蠶，偶爾掀一個來不及遮掩的大哈欠，慵懶的儀態像極了一隻肥胖又貪睡的波斯貓；薄妝下的黑眼圈像是最時尚的彩妝，卻掩不了妳內心一股強自壓抑的狂亂，不協調中，妳看起來有種危險的美麗。

和妳認識是在林森北路五條通口的一家日式小酒店，店名叫「初軌」，名字取得很傳神，一種略帶邪惡的傳神，也是很多都會男女都曾徘徊其邊緣的傳神。起初，我對店名好奇，接著，對妳更加好奇。

在一群媽媽桑中妳最年輕，卻最長袖善舞，再難搞的客人，在妳裙襬下都變得溫順開懷，每個客人都在妳面前裝醉，想吃妳小豆腐，妳從不閃避，卻也分寸得體，手腕輕巧純熟，老練世故得與妳略顯稚嫩的容貌不甚搭調，妳的美麗包裹著早熟的滄桑。

已過下午兩點，妳遲到了。

看著妳稍早的簡訊：謝謝大哥半年來的相陪，我很高興第一次有人認真聽完我的故事，如三點仍沒到，擇日再約。

很奇怪的簡訊，正如妳從不按牌理出牌的個性。

妳很會說故事，每一則都淒美動人。

妳說，妳小時候最嚮往當孤兒院裡的孤兒，因為這樣可以享受沒父沒母的孤伶和自在。妳也曾說，妳早在念國小時，就想著結婚了，因為那是搬離家裡最正當的好方法。妳認真得煞有其事，有種令人覺得心酸又好笑的天真和愚蠢。

妳說，每當父母在客廳吵架時，妳都在房間內假裝讀書，其實課本整晚都停在同一頁，妳總是放尖耳朵聆聽父母在吵什麼，像是在透耳偷聽鄰居的八卦，每次內容都不盡相同，但也大同小異；反正連電視看哪一台都能吵了，不知還有什麼芝麻綠豆是他們之間可以相容的。奇怪的是，每回吵到最後總是繞到錢上，不同的吵架路，卻同歸錢途，好像他們的存在都只是為了錢，而妳，又被他們擺放在哪裡？

妳父母本來在同一個建築承包商工作，結婚前父親是一個泥水工師傅，母親則是搭檔舀挖混凝土的女工，兩人都是包商固定的老班底，景氣好時常缺工，工資曾經飆到日薪三千元呢！不知怎麼的，兩人搭久了，就從工地搭到床上去了，後來懷了妳，只好結婚，妳是他們愛玩的結果，是不被期待的誕生，所以因果循環，妳如今的愛玩也是天經地義，妳這麼說。

父親在你小學時的一次工地意外傷了肩胛骨韌帶，術後即不勝粗工，家庭從此丕變。父親變得意志消沉，起初，只是偶爾朋友相邀，最後卻終日沈溺酒海，酒成了他最好的朋友。

每晚帶著醉意而歸，都是在一陣口齒不清的醉罵後才肯就寢，不是嫌飯菜太冷，就是懷疑妳母親是否和那個工頭有曖昧；母親偶爾回嘴，還會冷不防的惹來家暴，反正他對家裡一切從沒順眼過，正如妳也未曾對他順眼過一樣。

妳母親曾向法院聲請保護令，法官傳妳當證人。

那年，妳才九歲，硬被大人推上人世間最冰冷的舞台，妳嚇得當庭放聲大哭，法官同情妳，也不斷安慰妳，但又如何，法官總是得結案，不能像妳一樣的擺盪在親情間左右為難。

道德束手無策的，只好依賴法律，而殘忍冰冷是法律程序上必經的過程，以致讓妳認為，這個大人世界，每個人總是為了自己的目的，用不同的方式宰割妳、殘害妳。

後來法院的保護令核發下來了，然，妳父母的相處卻沒變過，爭吵沒停過，父親的三字經沒改過，也沒少醉過，反正結論就是妳們母女的日子一樣沒好過。妳母親無計可施，只好跑去媽祖廟再求個平安符，冀望得到人神的雙重保護。

像是把瘡疤暫時用藥膏糊了一樣，紗布掩蓋下的傷口依然是痛；妳不知道，母親除了擁有一紙蓋有紅關防的保護令和一個紅色的平安符之外，她贏過什麼？法官求完求神明，法院跑完跑廟宇，廟宇跑完呢？不就只剩墳墓可以鑽了嗎？妳懷疑保護令是否只是換來更凜冽的殘暴？也懷疑冰冷的法條曾為你們家帶來什麼溫暖？

妳一連串的質疑和提問，是無助也是求助，巴望著我給你一個答案。其實，倫理道德和法律都是人性的一部分，法律是最低最邊緣的道德，當倫理道德都變成法條時，那表示人性已蕩然無存了。妳的疑問也是我的疑問，妳的無助也是很多人的無助；你們家的困境更是許多家庭的困境，我這個老男人並沒有智慧得可以為妳開釋，只能權且送妳幾句聊以麻醉耳根的安慰劑。

後來，妳父親在夜市裡擺套圈圈的攤子，十元五個圈，雖只是一攤過時的銅板生意，他仍試圖振作。然，所有的努力都敵不過酒精的吸引，不論每晚收入多寡，收攤後他總是有理由成為酒瓶牽引下那個酩酊大醉的亡魂，酒醒後才又不斷的自責與懊悔，一晚又一晚，一次又一次，兀自沈淪在酒國無限循環的迴圈裡。

有一天晚上，妳無意間發現父親又帶醉歸來，瑟縮地趴在門外輕聲啜泣，妳知道，那代表著他又一次的自責與懊悔。

妳說妳父親是個典型的軟弱酒鬼，自從懂事以來妳就討厭他，不，是痛恨他，且這種痛恨在他每次家暴後不斷的累積和加劇。

妳說，他喝得越多越凶就越早掛，一家三口就能越早解脫，所以，其實妳並不在乎他的喝酒行為，而是在意他嗜酒背後隱藏的那份道德上的無助和脆弱，嗜酒又痛恨自己的行為，每每以醉飲作為現實生活的逃避，想逃離又淪陷，淪陷後又試圖著逃離。

妳從小就看出他這樣行為背後的懦弱，一面不斷的作惡，又一面不斷的自我譴責，最後再不斷的用各種理由說服自己，完全溺陷在自己編織的漩渦裡，像是個不斷為惡的禮佛懺悔者，妳完全瞧不起他看待自己行為的軟弱，他的沈淪從沒失敗過，正如他的逃離從沒成功過一樣。

他一直是妳生活中的噩夢，長大後妳也將編織一個噩夢，報復他。

早結婚就可以早離家，妳有好一段時間，為妳的笨腦袋想出的這個笨方法而竊竊自喜，直到國二公民課時，妳才知道自己離法定自主結婚年齡還很遠。於是，妳覺得悶，開始和女同學分享心事，慢慢的又開始一起蹺課泡網咖，成天掛在網上和陌生人聊天，傾吐專屬於妳們小女生心中不為人知的青澀與晦暗。

妳說網路聊天室就像每晚定時到來的垃圾車，讓妳們將心中來自學校和家裡的成堆垃圾，一股腦兒傾洩，每次上網都有一份污穢盡釋的暢快。

逐漸地，妳們躲藏在自己框架的世界裡，對周遭的一切變得沉默，喔，不，是冷漠才對。然後，和熟人交聊的越來越少，掛在網上的時間越來越多，看似乖巧，實則早已在生活中潛伏一股危險的暗流。

一開始，妳們只是偶爾蹺課，後來，課越蹺越多，網越掛越久，最終，妳和小宣還是被網友說服蹺家了，陌生網友把妳們從桃園鄉下載到台北西門町。

西門町是年輕人時下流行文化的縮影，有年輕人的美食，年輕人的流行時尚，年輕人的偶像簽唱會，和那專屬於年輕人無我也獨我的青春。妳們穿梭浮蕩在徒步區迷亂的霓虹中，盡情的吃喝玩樂，享受著沒書本沒嘮叨的輕鬆，品嚐著那種蹺家逃學後背叛解放的快樂，每分每秒，一景一物，都不願錯過。

妳們夜宿賓館，那晚，妳的初夜，給了那素昧平生的網友；那年，妳十五歲。第二天，妳們各收到兩千元，妳們高興得又叫又跳，主動對陌生網友撒嬌暱稱老公，第一次感受到，原來放縱的青春，是這般美好。

第三天，錢已花用殆盡，妳口中的「老公」也只是個D大遊手好閒的中輟生，每天靠著上網打獵維生，妳們只是他網路叢林中兩隻不知死活的小白兔。他提議妳們一起上網援交，還教妳們一些釣客的術語和技巧，以規避警方查緝，他自己也替妳們上網協釣尋芳客，也做妳們免費接送的車伕，就這樣，你們一天接了三、四個客人，每次三、四千元，皮肉錢都交由他保管，他則成了妳們在台北玩樂的嚮導兼淫媒。

整整二十天，三個原本屬於校園裡最潔白的清純，竟淪為一組城市裡情色的縮影。

睡夢中，妳們被突來的敲門聲吵醒，看見員警才驚慌失措；但被帶回分局途中，妳們仍一路笑鬧，一副無所謂，員警看了直搖頭。

問完筆錄，妳們被裁定送進了土城少年觀護所。起初，妳有些擔心和害怕，但過沒兩天妳就習慣了，也不知是天真愚蠢，還是適應力超強，反正妳容身的地方早已無處不讓妳感到冰冷無助。

十多天後，少年法庭開庭了，一被帶進法庭，妳看見母親不捨的眼神和淚臉，妳哭了，是害怕，是後悔，也是母女長年家暴生活中慣性的相互陪泣。

女法官問沒幾句話，看了妳很久，垂憐的神情像極了溫善的修女，在妳身上搜尋著一個十五歲少女過往不堪的悲境。

女法官看妳的眼神帶有一份很深的同情，那是種通常只有在葬禮上才會出現的眼神。

責付回家後，妳發現妳的電腦已橫屍在客廳的一角。

當晚，父親再次帶著醉意歸來，妳從睡夢中聽見父母又一次大聲的爭吵，杯盤器物的摜摔聲此起彼落，夾雜著妳父親慣口的三字經，妳驚嚇得假寐未醒，卻被父親一把拖拉到客廳椅子上，父親拿出推髮器：「XX娘，敢讓我沒臉，就把妳頭髮理光，看妳以後是否還有臉再出門。」

妳死命哭喊掙扎，妳父親順勢給妳一個耳光，妳眼冒金星差點暈厥，只是淚如雨下，不再反抗，因為妳知道，所有的掙扎都是多餘。淚眼中，妳看著一撮撮的髮落和一片片的心碎，看著父親猙獰的眼神，和那吐著三字經的檳榔嘴。

母親只是坐在遠處不停的啜泣，因為在父親暴力的世界裡，她遠比妳弱勢。

掛著兩行未乾的淚痕，妳回房定坐良久，神情失魂而茫然；閃瞬間，齜牙咧嘴的父影再次掠過腦際，妳打滾在床，又是一陣失心的痛泣，一種聲嘶力竭且刺耳的尖泣，哭得好像全世界的人都對不起妳。

也不知哭了幾回，妳靜坐床沿，在梳妝鏡前望著對面陌生的女尼，宛如濁世出塵的小龍女，還挺輕帥脫俗的，妳不禁揚嘴輕笑；然，轉瞬裡，妳的笑意隨即淹沒在豎目橫眉間，妳心頭又湧起一陣狂怒，瞋目恚憤的神態，猶如即將大開殺戒的滅絕師太。

妳恨透了父親，恨透了這個家，也恨透了自己，趴在梳妝臺上，再次不停的啜泣，不停失心狂亂的啜泣，直到哭累了，這才不知不覺的癱入夢鄉。

……有一天晚上，你偷偷潛進父親房間，看見酒醉的父親正熟睡中，妳從他煙盒中掏取幾根煙，散放在床邊地毯上，外加一個小抱枕，點火引燃，然後站在門外窺視，妳心跳加速，血脈賁張，直到確認火舌和濃煙開始四處攀爬竄燒，才趁火勢不可收拾時狂奔而出，一面大聲呼救，一面哭喊父親，最後父親仍因大醉不及逃生而葬身火窟，鑑識人員原不排除有人為縱火的可能性，但從起火點在父親臥室及鄰居證明聽見妳在逃出時大聲哭喊呼救的證述，最終仍以妳父親酒醉抽煙釀災結案……。

夢醒時已是清晨四點了，妳為這個突來的怪夢，發出了一陣痛快的狂笑。

妳走進父親房間，但妳沒點火，只是偷了父親皮夾內所有的錢，躡手躡腳的逃出家門，頭也不回的奔向桃園火車站，等待清晨的第一班列車，不論南下或北上，只要能離開這個厭惡的熟悉，管它上山下海，管它駛向光明或黑暗，妳都不計較。

那是妳最後一次回家，也是最後一次逃家。

在台北的前幾年，妳幾乎都是上網援交，那是妳唯一的謀生本能，每天和不同的客人睡不同的旅館，三重、萬華一帶的旅館妳幾乎都光顧過。

住宿登記時，老一點的稱父親，年輕的叫哥哥，妳笑稱：「兄弟爬山，各自努力；姊妹下海，互相勉勵。」這是同行姊妹淘教妳的。櫃台人員幾乎都認得妳，也知道是怎麼一回事，熟家偶爾還會調侃妳一句：「今天是帶爸爸，還是哥哥？」對社會而言，他們都只是看得見錢的瞎子，不管閒事，更不問法律，對店家而言，法律也只是訂給怕事者參考用的。

幾年前，妳存了一點錢，在長春路租了間套房，添了些簡單的傢俱，也買了一台筆電，把自己稍微安定下來。

妳說，妳開始厭惡被寂寞空虛轟炸啃噬的日子，有分渴望愛情的衝動。妳也曾感嘆的說，青春就像一捲衛生紙，看著挺多的，抽著抽著，就在不知不覺中用盡了。

我很訝異，妳的人生正吐芳華。

妳卻回駁說，雖只二十出頭，但妳已老練得能在三、四個男人間周旋而游刃有餘；妳說對妳而言，青春的凋逝，不只是年紀和肉體，滄桑才是最不堪的殺手，當一個人對年輕事物不再有感，那代表青春的遠逝。

我不盡認同，但也不知如何否認，老男人只是愛聆聽，尤其是聆聽一個小女生似熟非熟的語言。

妳在網上認識一個自稱小伍的人，你們相約在一家飯店聊天喝咖啡，小伍長得相貌堂堂，談吐風雅，尤其是那略顯倨傲鮮腆的鷹勾鼻，是令妳著迷的型男。喝完咖啡離去前，他遞給妳三千元，妳不收，還回他一句「嫌我就不必了」，他笑笑離開；第二次第三次仍相同，妳再也無法按捺，面露慍色的薄誡他：「以後不開房間就別來煩我。」他仍是淺笑，離去時突然回頭丟給妳一句：「我不喜歡開房間，如果有機會，希望我們能一輩子同住一個屋簷下。」

突來似真還假的一句鳥話，亂了妳的方寸。

妳們交往不到一個月就同居了，在一起的每個日子妳都依附他很深，妳知道，那只是因為妳自己曾經的失落與不完整。

半年後你們論及婚嫁，你們買了平價對鑽互許終身，妳說妳父母早已雙亡，一切從簡；他說他父母住屏東鄉下，他是獨子，為了就近照顧老人家，他已向公司申調回高雄分公司，等高雄新房子裝璜好安頓好父母後，就立刻接妳回高雄結婚，在中秋月圓之前。

終於，即將安定下來了；終於，可以不再靠灰色收入賤渡生活了。縱使仍不免感嘆過往的滄桑，但妳已沈浸在人生第一次被擁愛的幸福裡，妳開始張羅和打包，滿心期待在花好月圓時，做一個浪漫的中秋新娘。

兩個月後他果然調回高雄了，你們天天手機、簡訊、視訊沒斷過，他每星期仍然北上來陪妳。然而不到一個月，他卻突然說公司下個月將暫派他到大陸東莞，去訓練大陸員工三個月。之後，你們聯絡的頻率越來越少，他的藉口越來越多，甚至不回電話，最後連手機也停機了。

妳因沒有國際碼的簡訊早已心生暗疑，於是，妳從家中電話記錄器中翻找他曾撥回屏東老家的電話號碼，順手回撥：

「喂！你好，請問伍ＸＸ先生在嗎？」

「妳好！我爸爸不在，他在台北上班。」是個稚嫩的小女生。

「小妹妹，妳爸爸在台北哪裡上班？」

「我不知道，妳等一下，我叫我媽媽跟妳說。」

妳掛上電話，這一瞬裡，一切已然明白。

妳第一次的情愛，像顆流星，就這樣聲息全無地碎落在仲夏夜裡。

沉默半晌，正如電影意外結局的情節，我打破沉默的說了一些安慰話，也問了一些蠢問題，妳噙淚起身，走到屋外點燃一根煙，煙圈一朵朵的輕彈，在迷霧中追憶和感傷。

妳聰明而機伶，交往過程中，難道不曾懷疑過嗎？老男人只是想打破沈寂。

妳輕笑，像初冬的早霜一樣的冰淺。

的確曾經，但愛情往往就是喜歡玩弄情愛的人的死穴，過程中都不願去承認自信背後曾經犯下的錯誤，自以為聰明的人難免都隱藏著一份這種情愛的固執。妳試圖為自已的挫折找個合理的藉口。

定神後，妳說從此你們未再聯絡，妳沒有痛苦，也沒有報復。反正妳從小就愛騙人，騙父母、騙師長、騙朋友、騙客人，也常常可以自己把自己騙得理所當然，妳一生充滿了欺騙，妳是天生的騙徒，被他騙只是妳應得的，報應。

妳說得雲淡風輕，但無意間在妳左手腕瞄到的那條剛浮長肉芽的橫疤，我知道妳的輕描淡寫也是騙。

幾個月後某天，妳無意間在你們第一次約會的飯店門口，看見他和一位女警押銬著一個援交妹，擠進了萬華分局警車。他無意間看見對街的妳，妳低頭迅速轉入另一條暗巷，驚訝的質疑：天啊！我是該感謝他曾經的寬縱，還是該痛恨他的薄倖呢？

妳心狂亂，在冬雨斜飄的西門町街頭。

上星期，妳說最近常做著相同的一個噩夢，一個如鬼魅般不斷對妳糾纏和追殺的噩夢，你變得每天睡得短淺，怕光、怕黑，怕熱鬧、也怕孤獨。我建議你去看心理醫生，妳說，溫室中的花草讀不盡荒野間的風霜。

於是，妳開始依賴安眠藥入眠，也開始懷疑自己存在的價值，妳慢慢相信，自己遲早將成為別人眼中的悲劇。

妳突來灰黯而負面的情緒令我十分詫異。人生總不免會遇到一些撕裂靈魂的痛楚，和一些被歲月侵蝕過的創傷；但傷痛和愛情都一樣，都有屬於它們的生與死，它們都終將老去、遠去，然後完全釋放妳。錯過、放過也是生命的另一種救贖，生命其實既真情也矯情，妳、我和街上川流的旅人都一樣。妳才二十出頭，未來的人生長遠而燦爛。

老男人長篇大論的勸慰妳，也不知妳能懂多少，只願妳的沮喪厭世之言，也是慣常騙人的謊話。

三點又一刻了，妳還是沒出現。小女生竟留一個老男人在咖啡廳胡亂思想，再一次低頭，細看著妳的簡訊：謝謝大哥半年來的相陪，我很高興第一次有人認真聽完我的故事，如三點仍沒到，我們擇日再約，如果還有機會。

最後怎會多出一句「如果還有機會」？

急趕到妳租住的巷口，樓下已經圍湊了一群人，警車、救護車警笛聲交替悲鳴，仿如急奏的哀樂。鑽過人群，看見了妳離子燙的小波浪捲髮，略施薄妝，身著淡紫色晚禮服，手握一束間綴著滿天星的小捧花和一張婚紗照，側臉橫躺在一片鮮紅血泊中。照片背面寫著三行字：

相逢一笑，明日天涯。

我們之間，純潔浪漫，無關風月。

我知道你會趕來，參與我人生最後的謝幕。

我們一起寫完妳的故事，在妳淒美的婚禮和喪禮中。

3. 律師的獨子

我是獨子，父親是個名律師。

我父親開了一家很大的事務所，專辦國際商務及專利的大案件，有很多國內外的大客戶，是台北相當知名的大律師，我們家境相當優渥。

我父親有一間大書房，書櫃、桌椅和地板都是棗紅色的檜木所製，兩面牆都是書櫃，書櫃中盡是古今中外法律及文學書典，像是個小型圖書館，十分舒適寬敞和氣派。

我也有一個獨立的小書房，裡面有很多我喜歡的書籍和文具，還有一個專門蒐集我從小到大和父母親到國內外各地旅遊照片的櫃子，除了日月潭、阿里山、墾丁及花東外，還有巴黎鐵塔、凱撒宮、羅浮宮、荷蘭風車村、克里姆林宮、德南黑森林、布拉格和洛磯山脈等不勝枚舉的世界名勝，在二十歲前，我已旅遊過十七個國家。

所有照片中，有一張最特別，是我與父母親和一位坐輪椅阿姨的合照，因為她是櫃子裡所有照片中唯一的外人。

從小我經常跑到父親的大書房玩耍，父親也經常到我的小書房教我功課，陪我看各國經典名著，也常對我提問些奇怪的問題，父親總是要求我，要我先仔細的思考，而後再有層次的慢慢回答，他把我栽培成一個頭腦清晰又有教養的小孩，我也不負父望，在功課及各方面均有不錯的表現。

我和父親每月都到烏來山上泡溫泉，再順路去探視照片中那位坐輪椅的阿姨，每次父親都送阿姨很多伴手禮，外加一本書以及我考試或比賽所獲獎狀的彩色影本，有時甚至連我的毛筆習作和美術圖畫也送她，阿姨每次都很開心，對我的好表現讚不絕口。

聽說阿姨只有外傭照顧起居，沒有其他親人和子女，每次見到我們都很高興，眼眸中始終流露著一股奇特而溫暖的深情。

國中以前，父親都要我到阿姨身旁，讓她摸摸頭捏捏我那胖嘟嘟的臉頰。

一開始，我總是有點害羞，認為那是獨居老人的一種移情作用；有時又感到不解，為何向來教我謙遜為懷的父親，突然在阿姨面前變得如此愛現？但不論如何，我都盡量的配合來滿足阿姨，讓她開心。

有一次，我發現阿姨家牆上貼滿了我的獎狀，和我小書房掛牆的一模一樣，更奇特的是，阿姨櫃子裡的書竟和父親每個月買給我的也一模一樣，難怪每次阿姨都可以深入地和我談論書中的內容。

阿姨是不是父親的舊情人？小時候我曾這麼猜想過。

上大學後，有幾次父親出國，要我代他去探望阿姨。

山居太久的緣故吧，阿姨連我的生活小細節都感到好奇，每當聊到我的生活概況時，阿姨都顯得特別的專注和興高采烈。

阿姨告訴我，她是父親外祖母那邊的遠親，自幼即因一場意外而殘廢，毫無謀生能力，父親長期接濟她，是個大善人，她的人生大半是父親的恩賜，有這樣的父親，我應該感到驕傲，以父親為榮，她希望我能和她一樣，永遠記得父親的恩澤。

我確實感到驕傲，也以父親為榮。

父親偶爾會接阿姨到家裡做客兩天，我們家平日鮮少開伙，但母親總會燒幾樣她的拿手菜招待阿姨。

阿姨很喜歡父親氣派的大書房，但更喜歡我五臟俱全的麻雀書房，每次都逗留很長的時間，仔仔細細地察看我所有的書籍和物品，阿姨很健談，對於某些人生的觀點都有相當獨到的見解，我們常為某些不同的看法爭得面紅耳赤，但都是一種和諧友善的爭執，所以我們通常都是在笑鬧中各自堅持己見。

有一天，阿姨因肺炎住進了台大醫院，是我大學畢業前不久。

父親每天晚上都帶我去探視阿姨。

某晚，父親告訴我，有事要和阿姨單獨聊聊，要我到一樓咖啡廳等著。

不久後，父親下樓告訴我，醫生說阿姨已是肺癌末期，癌細胞早已擴散全身，加上原已殘弱的身軀，病況相當不樂觀，這兩天就會安排住進安寧病房，他有事得先離開，要我再上去陪陪阿姨。

臨去前，我看見父親眼泛淚光。

坐在病床邊，阿姨拉著我的手，再次摸著我的頭，順勢緩緩的滑到我的臉頰，欲言又止的唇齒顫然，病容下的瞳眸顯得更加深邃，一臉的慈藹和溫善。

阿姨告訴我：原本和你父母約好一起去參加你的畢業典禮，如今，恐怕是要遺憾了。孩子，永遠要記得學會感恩和寬恕，阿姨感謝你們父子多年來的照顧，阿姨也早已寬恕了傷害過我的人，感恩讓人更添福報，寬恕讓人更加大器。還有，這個小盒子，裝滿了一個人一生的感恩和寬恕，剛才我忘了，幫我拿回去轉交給你父親。

隔天一早，阿姨走了，比預期的早。

闃靜深夜裡，我無意間從門縫裡窺見父親站在書房窗台邊啜泣的背影。

有一天下午，我和父親來到阿姨家，簡單的整理完畢後，父親帶我沿著房子後院的小路走，小路的盡頭是條清澈的小溪，溪坎很深，是高危危的懸崖，父親面向懸崖背對著我，望著很遠的地方，沉默了很久。

「阿姨家的山景很美，但就是有一點荒涼的感覺。」我先開了口。

「迷離雲岫環抱靄靄蒼山，確實美得有點荒涼，如阿姨人生般荒涼。」

父親語氣緩慢，隨即又是一陣靜默。

「兒子，你已成年了，有件事我想今天必須告訴你，那是二十年前的往事了。」

我對父親突然的嚴肅感到奇怪。

「那是一場意外。二十年前有一天深夜，我因為疲勞駕駛且車速過快，撞到路邊一對散步的夫妻，男的當場死亡，女的受傷送醫，在救護車上，她取下掛在脖子上的頸項塞進我的手心，她懇求我，希望我能好好照顧她的孩子。」

父親沉默半晌。

「後來怎麼了？您答應她了嗎？」我問。

「後來那女的手術救活了，但她仍希望我照顧她的孩子。」

「為什麼？」

「因為她的雙腳截肢了。」

「那後來你又是如何幫她照顧她的兒子？」

父親緩緩側身走向我，牽起我的右手，將緊握在手裡的物品遞到我手心，又緩緩的轉走回原位，我驚見他眼角的淚。

「我，收養了她的孩子。」

時空頓時凝結、停格。我的手，我的全身，在發抖。

我打開心型的頸項盒，赫見輪椅阿姨全家福照片。那嬰兒，就是我。

我的眼，映散了父影，如雨，映糊了山景。

我瘋狂的奮力衝向前，將父親推入懸崖下的萬丈深淵，而後逃離。不，是我和父親一同墜落，墜落到深不見底的無間。

在腦海裡一片空白後的閃瞬間，我發現我還垂首跪落在原地。

父親仍背對著我站在懸崖邊。很久，很久。

我走向前，緊緊的環抱住父親。「爸，我們回家吧。」

走進我的小書房，書桌上放著阿姨要我轉交父親的小盒子和父親的一封信：

孩子，如果你一個人回來，記得，今天我們沒有一起出門。今天的事，和二十年前那場車禍一樣，都只是人生中的一場意外。如果我們一起回來，我感謝你和你阿姨母親一樣的寬容。好多次，我希望阿姨親口告訴你，最後一次是她走的前一晚。她始終沒和你相認，聽你親口叫她一聲媽媽，只因爲，她不忍傷害我們。她是偉大的母親。盒子裡是你母親留給你的遺物，也是我一生的愧疚。

盒子裡放了一張照片，一張提款卡，一本存摺和兩張烏來房地權狀。那張照片，是我另一個完全陌生的全家福。

翻開存摺，每月匯入五萬元，匯款人是父親的名字，整整匯了二十年。而從最後一行結存的數字，很顯然，那張提款卡，阿姨從來沒用過。存摺和權狀，都是我的名字。

我的淚，洶湧而下……。

註：本篇部份情節改編自網路文章。

4. 博士小偷

村裡突然傳說來福伯過世了。

上次見到來福伯已在記憶之外，還以為他老人家早就不在人世了。

來福伯是我們村裡的一頁傳奇。雖只是個目不識丁的莊稼漢，早年不斷地賺錢跟會買地、賺錢跟會買地，名下曾擁有三十幾甲田，長年傭農上百人，而最特別的是，他栽培出了三個博士兒子，一個在美國，兩個在台北，在我們沿海地區，每個人都知道這號大人物，來福伯素有「台西王永慶」的雅稱。

八十大壽那年，三個孩子不遠千里回到這個小村莊，齊聚為來福伯祝壽，總共席開三十桌宴請親友。

聽說當晚來福伯慶生完，心情一爽，當下就請來代書，為孩子鬮書立契，析產分業，把三十甲田產平分給了三個兒子。

博士也耕田？當年留給滿村的疑惑。

出殯日，道士團、車鼓陣、孝女團、鋼管電子花車，總共十五個陣頭，加上街坊鄰里及親友，送行隊伍綿延近一公里，這個死寂的小村子，從來沒見過如此大的場面。

相較於沒有一滴淚的六個子媳，孝女團透過麥克風哭天搶地的虛腔假調，就顯得十分的浮誇矯作，讓原本莊嚴肅穆的喪禮變得像一場鬧劇。

喪禮都難免令人傷心，但傷心不一定有淚；買淚孝親，只是欺生騙死，那是對入土者最不敬的欺瞞。

我不知道向來低調簡樸的來福伯是否喜歡這些？或許是給外人看的吧！

我循例準備一小包瓜子和些許茶葉，掛在輪椅附加吊點滴的鐵架上，推著老父親到村中廟旁的老人會。

每天午後，老人們就紛紛開始聚集，泡泡茶、下下棋、聊聊天，七嘴八舌地高談闊論，從政論節目的國家大事到哪戶人家的母豬生了幾頭小豬，甚至是哪戶人家的媳婦討客兄，大大小小的八卦傳聞，不論真假虛實，大家都可以繪聲繪影的來一段，拿別人的意見當主見，村廟的老人會儼然成為不折不扣的八卦站。

這年頭，哪個人不是或多或少靠點八卦過日子。

在這裡，幾乎每日一場戲，父親也曾是主角。

二十年前，弟弟俊元律師高考金榜提名，老父親走路有如乘風神仙，天天到老人會報到，享受著眾人不絕耳的誇讚虛名，老父親受誇時總是拱手欠身作揖，狀似謙讓，但總掩不住略顯過度作態的神采。

盡情享受吧，老父親，這是屬於您應得的榮耀。

這一天，大家又談起了來福伯。

活到九十三歲，比蔣中正還高壽，實在有夠福氣。有老人說。

聽說過完八十大壽生日不久，孩子就把他接到台北同住了，辛苦了一輩子，總算享到清福了，真是值得的人生。有老人接著說。

光看出殯時的陣頭，實在風光，這輩子從來沒見過這麼大的排場，一定花了不少錢，真捨得；但，好像沒看到孫子輩回來，這就奇怪了？有人疑問著。

聽說遺體運回來當天，三兄弟就為了土葬還是火葬起了爭執，後來又為了陣頭排場多寡、費用該如何分擔和白包又該如何分配再次爭執，最嚴重的爭執是，來福伯生前是否確有交代要將祖厝這塊地分給長孫？而長孫是指長子的大兒子還是男孫中最長者？因為聽說二兒子的大兒子比大兒子的大兒子還早出生兩個多月，雙方為此爭論不休，美國的三兒子認為沒書面遺囑就該依法律，唉呀！反正都是在吵一些有錢人才會有的問題。有老人跳出來補充著。

來福伯剛搬到台北不久，我兒子要結婚前跟他通了幾次電話，記得第一次電話中還有說有笑，叫我到台北一定要去找他，也答應我一定回來參加婚禮。

第二次打去，他卻老淚縱橫，哭得像小孩一樣，泣說兩個媳婦經常因為對方太晚來接他而在電話中爭吵不休。

後來再打去，兩個媳婦都說他去了美國。

唉！你們想想，台北都無法容身了，還真能混到紐約嗎？接著就聽不願具名的人說是被安置在新店山區的一家老人安養中心。

唉！人老了都一樣，只要有產在身，孩子迎人就會像迎神，家產一分完，到哪裡都惹嫌，命運就如路邊的流浪犬。

「台西王永慶」的一生，早在八十大壽的那一晚就落幕了。

有一位來福伯的親戚感慨地說著。

來福伯是否曾後悔太早為孩子析家分產？也是否曾後悔搬到台北？

我想，是距離太近了吧，近到連閃個身都會碰觸，近到失去了距離的美感，近到每個眼神都潛藏著不可承受之重，每個人都忘了，現代人的情感都需要靠點距離來保鮮。

每天安頓好父親之後，即匆匆騎著我那台略顯破舊的老機車去巡視臨海堤的養殖池，撒撒飼料餵養文蛤，查看水質變化，再撈撈青苔。

十多年來，這五分地的養殖池，是我和父親經濟上重要且唯一的來源；後來六輕來了，空氣濁了，水質差了，往年十個月即可收成的文蛤，現在已逐年歉收，有時一年半還無法收成，市價崩跌時往往養一甲就得賠五分，我可以忍受青春和勞力的付出，但卻賠不起金錢，因為那是我長久以來口袋裡隱藏的脆弱。

貧窮是一種病，先祖幾代以降，貧窮一直都是纏繞這個小村的疾病，原以為六輕是一帖經濟回春的猛藥，然十多年來，證明了大家只是在飲鴆止渴。

算算也已經好多年沒再養文蛤了，只是一直瞞著老父親，天天騎著老爺車到海邊野巡一番，池水早已優養化了，我只能若無其事的枯坐海岸邊，仰望貼在天空的幾朵肥雲，數數那始終不肯卸下美麗的水草和浪花，看看六輕廠區裡一根又一根高聳參天的大煙囪，如巨龍般日夜吞吐著嚇人的火舌，也吞噬著我們這個原本十分平靜的小村莊。

我總是告訴老父親，今年文蛤長得快又肥，鐵定比往年收成好，再而三的用謊言寬慰，老父親看穿卻不說穿地隨應兩句，相互搭唱著，演一齣不必太多台詞的假戲，讓彼此活在謊言裡，這是我們這幾年來生活上慣有的默契，一種無言也無奈的默契。

有時候，謊言比真話更容易讓人活下去。

有一回，強颱豪雨來襲，如豆的雨傾盆而下，如萬箭穿掃而來，風也急得好像就要把屋頂掀開，大到好像隨時可以拔起四周的薄牆。我忙進忙出，提幾個帆布沙包壓住危瓦，拿幾個盆罐迎接屋內滴滴答答的小雨。

三天沒出門了，老父親只能守著那台老舊的電視，顯得有點慌悶，不時的盯落著遠方，雙眼空洞無神，任由一旁的電視一閃一閃的反看著他。偶爾會用不安的眼神看我略瘸的腳危顫在風雨中爬上爬下，也偶爾將眼神移向牆上老母親的遺照，良久良久，而後垂首輕嘆。

我知道老父親的擔心與不捨，但我堅守這個屬於我們父子倆相依的家。

我早已習慣和認命，父親，您呢？您又在想甚麼？

停電了，深怕任何突來的意外，半夜不敢睡，裹一條薄被守著顫抖的夜燭打盹，交加的狂風疾雨在房屋四周呼嘯，而後重重的掃落在屋頂，像是要穿牆破瓦而入。

深夜闃闇寂靜中，看見老父親起身拄杖如廁，一步、兩步、三步，步履蹣跚得像在夢遊，摸黑在昏暗的燭影下扶牆垂首，在窄仄的斗廁內，憋氣用力的擠壓，一滴兩滴一滴兩滴地滴了很久，像是鬧鐘秒針那樣滴答滴答的，似乎永遠也滴不完。曾幾何時，老父親已成了一個滴漏的水龍頭，點點滴滴的遺漏在小便斗，一滴又一滴，一回又一回，宛如他生命裡某些遺漏的歲月。

自從父親中風後，每天晚飯前，都由我幫他洗澡擦背。

剛開始，老父親不習慣，堅稱可以自己洗，好幾次幫他更衣時，看見他頭髮、腋下或背上殘留的幾點肥皂泡沫，心酸無語。

我並沒有堅強得可以負荷這一切，但面對比你更脆弱的人，你往往只能選擇假裝堅強。

記得曾經聽聞有個先生為了化療中的癌妻理光頭，以表同心和鼓勵。我依樣畫葫蘆，脫光衣服幫老父親洗澡，反正遲早都要濺得一身濕。

父親早年是碼頭拆船工人，黝黑壯碩得像座巉巍的高山，如今，鬢髮稀疏霜白，黑皺的臉皮上散灑著許多大小稀落的老人斑，柴骨外的腋下皮囊薄得幾可透光，在盥洗中左搖右晃，好像隨時都會墜落和崩解，曾經巉巍的高山已在摧折的歲月裡變泥流，老二像是掉落在草叢中曬乾的小管，一次又一次，我努力試著用肥皂搓揉，希望將它救活讓它甦醒，只是，徒然。

老了，父親真的老了，老到連老二都不理他了。

逐漸地，父親已習慣甚至可說是喜歡我幫他洗澡，短短半個小時，我們無拘無束的交聊著，偶而還童言稚語地相互嬉謔，像是兩個戲水的天真小孩。

有一次，老父親問我要不要考慮娶個外籍新娘，生個小孩，以後年老有個照應。也有一次，我問父親是否考慮搬到高雄去，那裡可以吃得好住得好。

我們答案都一樣。

記憶中，弟媳只有在結婚後的第一個農曆年回來過一次，那年他們還沒小孩，只帶著一隻嬌小可愛的博美狗，穿戴著全套的狗衣狗鞋和狗帽，聰明伶俐的依著弟媳的指示擺出各種姿勢，像極了秀場時尚的名媛貴婦。

當晚，我讓出我的大床，半夜裡，我從木板隔間的另一邊聽到他們夫妻為了床太硬枕頭太高不好睡而爭執，我大字型攤躺在地鋪上，在昏暗中呆瞪雙眼，心頭梗著一團亂，徹夜未眠，只希望向來淺睡的老父親沒聽見。

從那次後，弟媳再沒回來過，弟弟回來再也沒有過夜過。

小姪女出生後父親去過高雄兩次，父親回來後總是變得沉默，隻字未提，我也從未開口問過。

未曾謀面的小姪女，妳應該上高中了吧？妳是否還能記得祖父的模樣？妳長得高不高？美不美？是否像媽媽？希望只有一半像。

俊元，這張床，我們兄弟曾一起從小睡到大，父親母親也都曾和你一起睡過，我們也曾一起尿過床，一起打過枕頭仗，地板上依稀還留印著當年你掉落床下時額頭汩汩湧出的一灘血。

你忘了嗎？你似乎真的忘了！那麼，這個家，你還記得甚麼呢？

父親每月捐給村廟三包白米，二十年來未曾間斷，那是當年弟弟高考前老父親向神明許的願，幾年前村裡要翻蓋新廟，老父親承諾捐五萬元酬神，我打電話告知弟媳，第二天去農會提款，發現只匯了兩萬五；起先，我不懂為什麼，想要再次打電話前，突然頓悟，一時間，我感到麻木無助，似乎忘了自己也是父親的兒子。

我沒告訴老父親。

存款簿裡，除了每個月父親的老農津貼和我的殘障津貼，從來沒有多餘。醒了，這一刻，一切都更清醒了，然而身體的某部分也在清醒後漸漸地死去。

父親，您醒了嗎？只有假睡的人永遠叫不醒。

強颱過了，除了掉幾片瓦，多幾處漏水，沒有其他損壞，反正我們早已習慣了牆上有些污漬地上有些濕漉的日子。

父親，最近村裡又傳說您小兒子受到太太娘家之蔭，專辦海商保險的國際大案件，是高雄赫赫有名的大律師，日進豈止斗金，這些年來接連在高雄某條街買了好多房子，聽說附近的人都改稱那條街為「俊元街」了。

真的嗎？我已無感，好像是在聽聞一則陌生人的成功故事；父親您呢？如果您喜歡上小兒子給的痛，如果也能像來福伯一樣苦澀的高壽，那麼，這則傳說至少可以讓您再享受十幾年的讚美。

老人會常有人問父親，為何不搬到高雄去住？為何不蓋間新房子？鄉下住慣了，都市的房子像鳥籠，沒鄰居也沒朋友；小兒子有好幾次說要拿錢回來幫我蓋棟新房子，但老家還很堅固，好住得很，何必浪費，是我堅持過幾年再看看。這是老父親一貫的陳腔舊調。

父親啊！村裡每個人都知道，年輕時您曾在高雄港碼頭當了十幾年的拆船工人，為何可以習慣破工寮卻不習慣華廈豪宅？您這一看竟是看了十多年。

後來，父親去老人會的次數，越來越少了。

現在，老父親幾已足不出戶。

父親，是我不才，只能幫您洗洗澡推推輪椅，也只會儘說些下地獄的重話。而您呢？還是一貫的謙讓作態，為名律師兒子生活在自己的謊言裡，活在虛榮虛假的世界裡，在別人面前笑擁所有不切實際的讚美和一分為孩子犧牲奉獻的滿足感，卻在獨處時擁抱眼淚和心酸。

父親，您曾為來福伯感嘆和不平，說他三個博士兒子只是三個小偷，偷走了來福伯原本燦爛的人生，也偷走他唯一活著的理由，而您呢？可也曾為自己感嘆過？

這就是父親。

5. 複製人生

噗—噗—噗，凌晨四點多，那是父親一早要到環南市場採買的機車聲，我從國小就聽慣了那聲音。

父親家祖傳三代原本都在三重埔賣滷肉飯，是不起眼的大富人家。不起眼，是因為父親即使穿了再稱頭的西裝也不像是有錢的大老闆；大富人家，是銀行存摺的數字和母親的揮霍告訴我的。

搬家後，父親在羅斯福路南門市場旁延續祖傳事業，開了一家滷肉飯小吃店，除了滷肉飯外，肉羹、魷魚羹、滷筍絲、油豆腐和冰鎮涼拌茄子也是店內的招牌菜。每天從早上十一點營業到晚上九點，生意門庭若市，用餐時間常常還要排隊，才二十幾坪大的小店，就雇用了七名員工，有好幾家電視台的美食節目都曾報導過。

我就住在中正紀念堂旁的杭州南路上，離小吃店很近，是棟還算高檔的雙併華廈，父親一次買了一層兩戶，左右打通共七十幾坪，改成五房三衛，外加地下室一個平面車位。

聽母親說是為了讓我念中正國中，才堅持從三重搬到這裡來，我念國語實小也是寄籍母親朋友家多年才順利入學。

記得從幼稚園開始，母親每天早晚送我上下學，然後才藝班和補習班，回家後每晚和假日都兼我的伴讀和家教老師，除了上課睡覺，我們幾乎形影須臾不離，直到高二那年，我第一次拆開我那包裝多年的情緒為止。

沒讓母親失望，我的功課頂尖，第二名的次數屈指可數，我也對第二名患有恐懼症，因為除了母親的白眼外，我必須罰背兩篇英文短文和一百個單字，還外加星期天下午的禁足，不能和同學外出，那是我每星期僅有的自由時間。

但我的辛苦也有回報，國一時我通過初級英檢，高一時中級也過了，最重要的是，我可以得到很多老師和母親朋友的誇讚，我必須強調，是母親的朋友，因為母親和父親的朋友沒有任何一個重疊，也可以說父親只有很多的客人但朋友很少。

父親不同於母親，話不多，傻笑的樣子像名導演李安。他只關心我健不健康快不快樂，對第幾名沒有特別的感覺。有時還會恭喜我考了第二名，說那是得來不易的挫折，挫折會讓一個人更成長，沒有挫折的成功是危險的成功，父親常這麼說。

父親的說法，雖覺得有道理卻不認同，我認為那只是安慰失敗者的藉口，但我始終沒反駁，只是把他的話藏起來；因為父親是那種連生氣時講話都始終掛著微笑的人。

我從小學鋼琴、小提琴、古箏和圍棋，前後十幾年，一切都是母親精心的安排，母親一直要把我雕塑成氣質小才女，只可惜，我的相貌像白開水一樣平淡，才藝又如相貌一樣的平庸。

我喜歡畫畫，我崇拜梵谷，塗鴉可以紓壓，媽媽卻說那是窮人的才藝，梵谷崇高的藝術價值和地位大半來自於他的悲劇人生。

母親的謬思讓我訝異，這是母親在我生命價值觀裡的第一次撞擊，我始終質疑和納悶，真想問她是如何比較莫札特和梵谷誰的才華較洋溢？哪一個藝術天分較高？莫札特和貝多芬崇高的藝術價值和地位，是否也是來自於他們的悲劇人生？

真不巧，我向來美術的表現就比音樂好。

其實，我並非天資聰穎，我的好成績有部分是母親逼出來的，我那所謂的才藝大部分是用錢堆起來的，正如她們貴婦團的美貌都是用昂貴的化妝品塗抹出來的一樣。

段考完的假日，母親會帶我去她貴婦團的朋友家或約朋友到家裡，她們定期聚餐，定期上美容保養課，定期請名廚教授烹飪課。

她們見面最常聊的是，中山北路上哪家店哪個品牌的名牌包這兩天又鋪了新貨，還是和巴黎香榭大道的精品名店同步；哪家六星級飯店一客八千元的鐵板燒根本連她們家菲傭煮的都不如；或是哪家百貨公司超市從日本進口一串一千二百元的貓眼葡萄正熱銷。

我精算過，母親一堂烹飪課的代價是父親足足要賣四百二十八碗滷肉飯，那還只是沒有扣掉成本的營收而已，母親和她那些貴夫人朋友從不下廚，我不懂為甚麼。

餐敘中，母親還慣用先關心人家小孩的成績來達到炫耀我的目的。

而當有人談起母親辭掉工作當個全職的伴讀和家教母親，是如何值得又是如何了不起時，母親總是蛇閃著晶亮的瞳眸，說著連篇不由衷的謙詞，虛偽矯作到連我這麼小的年紀都可以輕易的察覺出來，但她的貴婦朋友們似乎不以為意，因為她們每個人都一樣，隨時等待著別人誇張的讚美，再惺惺作態的謙虛一番，每一個人都可以輪上一段，默契十足。

我看得見，她們每張臉的笑都是貼出來的；我聽得到，她們連呼吸都是虛偽的。

又一個貴婦團日，地點是晶華酒店二樓鐵板燒包廂，主餐是日本松阪牛排、法國鵝肝和莫斯科黑魚子醬。

「高一就通過中級英檢，真了不起。」

「不愧是北一女的資優生。」

「母女同出北一名門，一定是遺傳了父母的好基因。」

貴婦們個個提高聲調，毫不吝嗇地向母親道賀。

「她爸連二十六個英文字母都念不完了，會有什麼好基因可遺傳。」

母親哼了一大聲，聲音充滿鄙視與不屑。

這一哼，哼掉了我對母親原有的尊敬和感謝。

後來，我總藉口不去參加母親的貴婦團活動，但母親執意非去不可。有一天我們僵持不下，我氣憤的從書包拿出全校段考第一名的成績單丟在桌上：「你拿成績單去就好了，反正不都一樣。」

母親先是一愣，然後氣得對我咆哮大罵，聲音近乎歇斯底里，最後，順勢癱坐沙發，掩面啜泣。

那是我第一次頂撞母親，第一次拆開我包裝多年的情緒。

一路笑罵的晃過氣象局、央圖、自由廣場、市教大、央行和南門市場，我又帶了四五個死黨同學到父親的小吃店。

遠遠看見我們這群小綠綠，父親顯得緊張兮兮的，挺著滴染油漬的綠圍兜，使得他的身形看起來更加矮胖，額頭微沁著汗珠，右手食指抵著嘴：「拜託，不要太大聲，今天我請客。」一副很怕人家知道他這個大老粗卻有個念北一女的女兒的模樣，那是父親隱透著些微自卑的謙遜。

為甚麼父親的自卑卻始終是我的驕傲？我有同學的父母是做資源回收或打零工的，有時我真的不懂父親。

「今天我老爸說他請客。」我轉頭大聲向死黨說，順勢指揮了一下，眾姊妹很有默契的齊聲大喊：「謝謝爸爸。」只見店內客人和騎樓上川流的行人好奇的側臉看著，父親滿臉通紅，迅速低頭小跑逃竄進店內。

我最喜歡看見父親緊張時靦腆無措的模樣。

父親每天十點下班，總是在盥洗完後為我沖杯熱牛奶，坐在我書桌旁的椅子上，看看我在讀甚麼，他看我的眼神簡單而深情，隨後用那粗黑的手捏捏我細嫩的小手，欲言又止的，有時老半天一句話也沒擠出來，然後笑著走出去，靦腆的模樣像一個初戀的小男生。

我知道，父親不懂深奧的機率、豆芽菜和古文觀止，但我讀得到，他的愛。

搬到杭州南路的豪宅後，母親要求父親不可以把佈滿油漬的鞋子穿進門，也不可以把他的髒衣服和我們的混在一起洗，更不可以用她的盥洗室。即使走路不到十分鐘的路程，母親未曾去過父親的小吃店，他們也不曾一同進出，我甚至懷疑樓下的管理員都不知道他們是夫妻。

他們各自用不同的方式對我好。

父親偶爾騎機車載我去河濱公園玩飛盤，偶爾和我去中正紀念堂賞月，也偶爾帶我到植物園散步，一起坐享初秋的一池荷殘。

母親總是開著名車，載我到百貨公司買名牌服飾，到各大飯店和私人俱樂部應酬，我總是安靜的坐在一旁大快朵頤，同時偷偷豎尖耳朵，見識一下貴婦們的舌頭到底有多長，然後在母親的導引下，再讓她們大力誇讚我是如何如何優秀，給母親一劑虛榮的麻醉針。

她們誇讚打量我的樣子，彷如是在欣賞一隻有教養的名犬。

即使住在同一屋簷下，然，從我懂事以來，父母親很少碰面，偶爾碰了面也很少說話，兩人早已分房睡。

記憶裡，有幾次父親睡前進入母親的房間，沒兩句話就走了出來，我知道，父親被拒絕了。

有次半夜裡，父親在視聽間看影片，我好奇的從門縫中棲身一窺，赫見A片中的男女主角正激烈的駁火交戰著，父親的手緊貼著鼓脹的內褲，緩慢而規律的斜搓著。

可憐的男人，妻子就在他幾步之遙的房間裡。

最近，母親出門的次數更頻繁了，固定有一部賓士S500的豪華轎車在巷口等著接送。

母親妝點得比以前更講究更仔細了，那不只是純粹為了應酬的社交禮儀，而是為了某個人而妝點的美麗，這是一種女人特有的直覺。

我不介意，也不在乎。

陌路夫妻也應有各自情慾的出口，只是父親的方式比較原始而奇怪罷了。

大學放榜了，我以第二類組榜首考上台大，和母親當年同校同系。

我一進門，看見母親以誇張的眼神望著我，我還來不及回神，母親上前用力的將我緊攬入懷，激動的身子微微顫抖，斗大的淚珠不能抑止：「今天，我過去一切的犧牲都值得了，都值得了。」

母親咧嘴的哭出了聲，我感覺到一股巨大的原爆壓力在釋放。

我也流淚了，只是，不是高興，也不是感動，而是對母親無限的同情。

即使上了大學，母親對我的功課和成績仍是緊盯，她希望我如她當年一樣，年年拿書卷獎，永遠是個鶴立雞群的佼佼者，甚至可以比她更優秀。

大三下期末考前，父親因膽管開刀住進台大醫院，需住院一星期，我提著簡單的日用品準備去醫院，出門前被母親攔下。

「上課去，醫院的事我已請了看護，不用妳操心。」

「爸只是小手術而已，不需要看護。」

「看護較專業，又花不了幾個錢。」

「再專業也當不了女兒，別老覺得錢可以解決天下事。」

「乖，別再跟我牙尖嘴利了，期末考很重要，我是為妳好。」

「為我好就讓我去醫院，讓我自己做我想做的，我已經成年了。」

「你也知道只是個小手術而已，去上課吧，乖，別再跟我鬧了。」

「到醫院陪開刀的父親算鬧嗎？如果是妳躺在那邊，媽希望誰去陪？」

「好好好，別再說了，就去看一下吧，等看護到了就去上課。」

看護來了，我立即給了一天的工資請她離開。

母親打了好幾通電話，我沒接。

除了我的功課外，我不知道，母親，您對這個家還關心過甚麼？

第二天，在護理站櫃檯，我從父親術前例行血液檢查報告表裡發現父親和我完全不可能相容的血型，而這二十幾年來，父親卻一直對我謊稱他真正的血型。

我沒進病房，在一樓咖啡廳的最角落，一個人，靜坐，沉思。

我並沒有掉淚，甚至沒有太大的驚訝或激動。我想，如我這般聰明敏銳的人，如果沒能早在如此奇特的家庭結構生活中察覺些端倪，我又如何稱得上資優。

我只是在想，父親為何可以隱忍二十幾年？

沒告訴父親，但這個意外的發現讓我們彼此更親近。

那年，我沒有拿到書卷獎，我很高興，因為至少它見證了我的堅持。

母親十分不悅，部分是因為我沒有拿到書卷獎，打破了她對我求學生涯的期待與規劃；部分來自於她逐漸地察覺到，她已無法主宰她一手從幼稚園開始捏塑的孩子了。

為此，我們冷戰了好長一段時間。

我經常好奇著，父親矮胖，學歷普通；母親高䠷纖美，學歷顯赫，除了家裡有錢外，父親沒有一樣比得上母親，條件懸殊如此，門不當戶也不對，母親怎會看得上父親？當年他們是如何認識，又是如何結婚的？

父親總是笑笑。

母親也不肯講明白，只說那是她人生中一個最離譜的大錯誤，沒離婚是因為生了我。

這真的就是隱藏在假象裡的真相嗎？

一直以來我都相信。但，當我知道父親真正的血型後，我在抽絲剝繭中逐漸明白，母親，宛如是一隻借殼又自覺委屈的寄居蟹。

我常想，你們如此迥異的兩個人相遇必有事，不是故事，就是事故。

我也想，你們會結合在一起，恐怕只是剛好湊上了彼此生命裡的某種曲折吧！只是，二十幾年過去了，這樣一個家和這樣一段婚姻，在你們彼此眼中，該算是則幸運的故事，還是一則不幸的事故？

母親，我不知道妳曾經如何看待關於我們之間，又將如何看待我們之間的未來？

有一天，我終將踏入社會，也將找個對象結婚，妳是否想像著我將和妳一樣，嫁個有錢而且只會拼命工作賺錢的陌生人？

這二十幾年來，妳辭去工作，捨盡一切，從幼稚園、國語實小、中正國中、北一女到台大，百分之百全心全力地教養我栽培我，將我拷貝成另一個資優的妳；而今，我如此優秀的學歷和才能是否已達到妳想要的樣子？妳終其一生傾盡所能的把我複製成另一個優秀的妳，這件事對你真的有意義嗎？妳這樣無悔的優秀，對妳的人生也真的有意義嗎？

母親，有一天，我將會成為妳孫子的母親，我是否也該同妳一樣，傾盡我一生的優秀，再去複製和拷貝另一個優秀的我？

妳這樣的母親，真的能教會我如何成為真正的母親嗎？

6. 關於十四

年代因著歲月，歲月因著人生中的記憶。

有些年代過去了，有刀鑿之痕，有些年代，平淡無奇，如飄浮流雲，風來雲散，了無痕跡，只留一些淺味在其中；每個人在每個年代的成長，或多或少，都伴隨著些許歲月裡無知的幸運。

浮雲，被風支配它的離散聚合；溪流，任憑水草擷取它的滄桑。我，只是被風支配聚散的一片浮雲，也是任由水草擷取滄桑的一灣溪流。

猶記得來到這裡是那一年的冬天。那是我生平第一次出國，也是我第一次搭飛機。

飛機飛了十小時，我們在機上吃了兩餐，恍恍惚惚的淺睡了好幾回。

十小時的飛機到底能飛多遠？我不知道，只知道媽媽告訴我說，有點遠，但比美國近。有點遠是多遠？比美國近又是多近？

一下飛機，迎接我們的是一陣陣凜冽刺骨的寒風，和一片片白花花的秀雪。心中雖有些許徬徨與不安，但還是興奮得東張西望，因為皚皚白雪對亞熱帶的台灣人有種致命的吸引力，正如無邊的大海對於沙漠中的蒙古人一樣。

我們先在寄宿家庭待了幾天，母親和代辦人員忙了兩三天，就搞定了我所有的入學註冊、住宿和監護人的確認手續。

第五天，我就要搬進學校宿舍，而母親也將飛回台灣。

燈熄了，我們各自睡在一張小床上。

「小威，明天送你到學校後，媽就直接去機場回台灣了。」

「喔！」

「要用功讀書，聽老師的話，不要貪玩，不要和同學吵架，想家的時候可以天天打電話回台灣，這裡時差比台灣早四個小時。」

「好。」

「這次跟幾年前你轉學搬到台北一樣，剛開始難免都會有些不習慣，但你應該很快就會適應了，不要擔心，知道嗎？」

「知道了。」

「我和你爸爸每兩個月會輪流過來看你，過兩年，等弟弟長大些，我們就會搬來跟你一起住了，知道嗎？」

「嗯！」

「我抄給你的兩個電話要隨身攜帶好，有緊急事情就打給他們，他們是爸媽的朋友。」

「……」我沒再回應，看著天花板，兀自想著明天和不可知的未來。

一陣沉默。

「這邊天候較冷，不比台北，行李箱裡我準備了好幾件保暖的冬衣，……」

「媽，妳放心，這些事妳在台灣都講過N次了，我會記得，妳放心回台灣去吧！我會好好照顧自己。」

我有點不耐煩，但還是用小大人的口氣讓她安心。

「好好好！媽知道，媽就不再囉嗦了。」

我們各自側身背對著背，沒再說話。

我闔眼試著休息，但寂靜的黑，總是讓人更加清醒。

雪，在昏燈下散漫的飄零，透進窗格，映眼入心。

短短四天，我就開始厭倦了窗外這種闃冷的慘白。

第二天一早，代辦中心人員開車來接我們，車子繞過一條又一條街，一棟又一棟的房，最後，每棟房的間隔越離越遠，花草樹欉也越來越廣闊肥大，開了一個多小時，才知道學校離市區很遠，是個荒涼偏遠的地方。

這城市，街道十分整齊潔淨，天上的雲朵肥美而慵懶，花草都像剛洗過澡的嬰兒般，有股靈塵無垢的淡香，還有一片片參天不知雲深的翠林。

這城市真的美，只可惜，我無心賞。

簡單的將我安頓好之後，我和母親在校門口道別，她還是重覆著昨晚和這幾個月以來的細碎和叮嚀；一陣臨別前的靜默，母親將我緊攬入懷，這是記憶裡母親給我唯一的一次擁抱；離去時，母親猶不時的從車窗內頻頻回首，揮手，拭淚。

我沒有掉淚，甚至沒有太多的表情和情緒，呆望著一個我人生中最沉重和不堪的背影，心裡一直傻想著：「媽，走吧！妳已經演很久了。」

既然捨得，又何必頻回首；我沒哭，只因為母親的淚，我依然量不到親情的溫度；不戳穿，我很難受，戳穿了，兩個人一起難受。至少，最終我還是選擇我獨自一個人難受。

總之，那一年，我生命裡正吐芳華的青澀，和那少年多愁的敏感，已經對命運開始了許多的撫觸和感嘆，像是沃野間秋後剛萌生的稚嫩芽草，滄望著早冬提前到來的霜雪，還來不及成長的身子，已有了渾身的冷瑟。

那年，我十四歲。

我父母都是住在台北的上班族，是大公司裡的小主管。為省下褓母費用，小五以前我都和阿公阿嬤住屏東鄉下，懂事以來的記憶裡，每天除了上學外，我最喜歡和阿嬤一起在菜園裡種菜和玩耍，阿嬤很會唱歌和講故事，還會教我如何挑菜、切菜和殺魚。

我不喜歡寫功課，每天放學都和鄰居的小孩到溪邊抓魚蝦和青蛙，有時連路邊的小貓小狗也不放過，簡直玩瘋了；阿公幾乎每天罵，但我依然瀟灑故我，我寧願割草種菜也不願讀書寫字；我心裡甚至得意的精算著，被阿公罵頂多十幾分鐘，寫功課至少要兩小時，扣掉後我還是賺了一百多分鐘，何況有阿嬤罩著，阿公也不會太過分。

媽媽很無聊，明知道讀書從來就不是我的強項，每次打電話回來都是問考試第幾名，阿嬤了解我，每次都慢條斯理地笑說：「普通啦，和上次一樣，沒進步也沒退步，都是第十四名啦。」在一旁的阿公忍不住對阿嬤開罵：「幹ＸＸ！全班總共嘛才十四個學生，當然不會退步，瞎子也可以考得比他好，妳這個老番癲。」後來我意外進步到第十三名，因為班上有一個同學轉走了，真感謝他；我曾天真的想過，如果下學期再轉十個，那我不就可以前三名了。

升小六那年，我轉學到台北了，和小四的弟弟同校；弟弟很資優，段考都是第一名，台北的學校很人性，期末各科成績都是用「優、甲、乙、丙、丁」替代分數，弟弟每學期每科都是「優」；我除了美勞是優外，其他各科的成績全部都是「乙」，乙也不算太差吧！後面還有丙丁，而且和甲相鄰，和優只是隔壁的隔壁，也都稱得上是鄰居，只是爸媽可不這麼認為，全班同學也找不到丙丁。

弟弟平常很安靜很用功，話不多，尤其是考前一星期，安靜得像個啞巴，連多跟他講幾句話也被嫌吵，用功到像是在準備聯考，我常虧他：「又不是考總統，幹嘛念得這麼認真？」

我喜歡漫畫，對都市的一切都感到好奇，我好動，話也很多；只是爸媽通常對弟弟講的話很多，對我卻很少；而平常親友聚餐或員工旅遊，爸媽也都是帶弟弟同行，我，很少。

升國一後，我開始補習，經過初測，我的英文課只能和弟弟同班，他還經常教我背單字的技巧和文法，測驗成績也都比我好；更遺憾的是，我學校成績還是沒起色，段考只進步到足以和班上另一個我最「麻吉」的同學爭爐主。我們都喜歡美術，約好畢業後一起去念復興美工。

升國二的暑假，媽媽突然告訴我，台灣教育環境不好，她和爸打算兩、三年後全家移民到國外，要我先去就讀語言學校，隨後他們和弟弟很快就來。

一開始，我有點意外，我們家並沒有富裕到那種程度，爸媽也都還沒到屆退的年紀，怎麼會突然……？心裡有很多疑問，但我什麼也沒問。

有天半夜，我被尿憋醒了，發現向來早睡的爸媽還沒就寢，在客廳聊天，我好奇地站在半啟的門後貼耳竊聽，像個小賊。

父：「孩子還這麼小，要去那麼遠，這樣好嗎？」

母：「不然又能怎麼辦？照這樣下去，搞不好連高職都考不上？我可丟不起這個臉。」

父：「考不上可以再補一年吧？」

母：「你看他的讀書態度就知道，基礎實在太差了，再補也好不到哪裡去，這年頭，讀國四是很丟臉的事。而且，到時候兩兄弟成績落差太大，對他心理也不好。」

父：「妳說的是有理，但我總覺得還是太小了。唉！一樣都是我們生的，為何兄弟倆會差那麼多？」

母：「都是在鄉下被他阿公阿嬤寵壞的。」

父：「阿公阿嬤疼孫子，天經地義，妳別這樣講，好歹爸媽也幫我們照顧了十幾年。」

母：「就怕說了你不高興，所以我從來都不想提這事，但自從知道十四名就是最後一名時，我就很不爽了。」

父：「好了啦！凡事就往好處想吧，至少小威沒變壞。」

母：「這就是重點，就趁還沒變壞前讓他出去。」

父：「那妳是已經決定了？」

母：「決定了，留學代辦中心也問好了，不算麻煩。」

父：「那要怎麼跟他說？」

母：「我前兩天跟他說過了。」

父：「他有甚麼反應嗎？」

母：「這孩子沒甚麼優點，就是好在生性樂觀，並沒甚麼特別反應。」

父：「那就好。」

這是當年我傾心竊聽到父母親的一段話。並非我執意的顧念舊事，而是一段不堪的往事追上了我；那段話，我，寧願從來沒聽過。

十四年了，我還是字字藏心。

學校並不大，只有三層樓的宿舍和教學大樓各一棟，不過我喜歡校園裡到處種滿了高大的針葉林木和花草，你連呼吸都可以聞到花語和草香，浪漫極了。

全校學生不到一百人，大多數的學生和我一樣，都是屬於full boarder的全宿生，連假日都不准外宿；宿舍每四人一間，我和來自印度、韓國及馬來西亞的學生住一起；前幾個月，四個人像四個啞巴，只會比手畫腳和幾個簡單的單字，印度學生的英文程度較好，常教導和糾正我們的發音，還好，我們每人都有一台翻譯機。

兩個月過去了，爸媽，都沒來。

我打電話回家，媽沒等我開口問，就說弟弟最近學校期末考，爸爸剛調新部門，要交接很多業務比較忙，改天一定抽空過來。言語慌晃。

明知道會是怎樣的結局，但我還是滿心期待。後來，我漸漸學會了不再過度期待，強迫自己在無奈中早熟；我們很有默契，彼此沒有再提過，只是沒想到，這個空一等就是十幾年。

剛來的前幾年，經常，半夜裡，我好想家、好想念阿公阿嬤、好想那個和我競爭爐主的同學，不知他是否如願考上復興美工；我想著過去的一切和種種，也想念我那些第十四名的日子和台北的牛肉麵。

不知為甚麼，我從沒夢見過爸媽，卻經常夢到和阿嬤一起在菜園裡耙土種菜，和阿公那掛在嘴巴正門口兩顆閃亮的金兔牙。

不如意時，我也時常想起媽媽曾說過的話，「搞不好連高職都考不上？我可丟不起這個臉。」「基礎實在太差了，再補也好不到哪裡去。」「都是被他阿公阿嬤寵壞的。」

留學，本該是光榮的、驕傲的，為什麼，我卻感到這般苦澀？為什麼？

如果「牛牽到北京還是牛」，那我來到這裡就會變成白人嗎？就能說滿口流利的英語嗎？白人的世界就比較優越嗎？我常這樣問自己。

兩三年過去了，我已離開原來的語言學校，爸媽從沒來探視過；當然，他們也沒移民。而和一般的少年一樣，我對親情也有叛逆和渴望；孰料，那年不小心第一次當了小偷，就偷走了自己人世間最美好的親密關係；而漸漸地，我也明白，我不是菁英留學的一份子，我只是為母親逃難而來；我只是一塊布，也是媽媽的一劑美容針，媽媽花大錢讓我成為小留學生，只是為了遮羞和炫耀。於是，我開始淡忘渴望，隱藏叛逆，在葬根中學習到一份虛假的堅強與世故。

語言和歧視，永遠是小留學生的兩大難題和障礙。

語言，你可以努力學習，甚至最後有很多人說得比本地人更好；但歧視卻隨處都存在著，外國人都叫我們「banana」，一種近乎歧視的稱呼，在他們眼裡，我們和黑人並無不同。

現代人自詡為文明，然，當顏色都還成為人與人之間的隔閡時，那所謂的文明也只是人類掛在嘴皮上最矯作的虛偽罷了。

我曾想，歧視，自古以來都存在，不只存在於本國人和外國人間，就連在國內，台灣人也歧視台灣人；歧視，不在於本國人、外國人或膚色之間，而是存在於，人性。

每次參加party時，「香蕉」瞧不起白人學生在一旁捲大麻，他們卻歧視「香蕉」連捲大麻的份都沒有；如果你惹上了白人的壞學生，結果就如一場噩夢，你將慘遭他們一群白人學生嚴重的修理和羞辱；念大學前，我碰過幾回，只因在路上偶遇照面時，我飄了一個他們看不慣的眼神，下場就如同你在台灣遇上了飆仔一樣。

我很用功，試圖為自己爭口氣，但我的成績卻很普通，只能申請到一間二流學院的觀光餐飲科系，我住在一間分租來的公寓，鄰房是一個來自中國青島的女留學生，大我一歲，我們生活都過得很拮据，經常為有限的金錢分配著每一項開銷，晚餐和假日我們一起煮飯開伙，日子過得很緊很計較。

半年後，我們乾脆直接同居共住一房了，把另一間房分租給另一對大陸杭州和遼寧來的留學生，每月至少省下兩萬元台幣。

後來認識的人多了，才發現，在這裡，十八歲以上的留學生同居是件很普遍的事，既省錢，又可相互取暖解鄉愁，何樂不為？

大學畢業後，我的同居人很快的嫁給了當地的「阿兜仔」，取得居留權，這是她最終想要的目的。我恭喜她，因為我們本來就只是相互取暖的柴與火，燃燒後的餘燼，風一吹，就沒了。

我白天在一家沒星級的小飯店當差打工；黃昏，我扮成小丑，在鬧區表演，當個街頭藝人，娛樂自己和別人，有人給我掌聲，也有人給我嘲諷和戲謔；更晚，我經常瑟縮在我窄仄的小公寓，這個只有一個人的家，我也偶爾會幹出一點出格的事情；而每逢週末，我都喝得酩酊大醉，這是唯一的方法，能使我暫時擺脫不堪的過往和那以賺錢為目標的瘋狂心態，使我在週末可以暫時得到喘息。

我拼命的工作養活我自己，日復一日的，我錢越賺越多，生活卻越來越孤獨，也越來越頹廢，我服安眠藥入睡，喝咖啡保持清醒，我，一點也不快樂。

我已忘了上次打電話回家是甚麼時候了，也忘了最後一次和爸媽說了些甚麼話；只依稀記得，聽弟弟說，他常聽到媽媽告訴親友說我已經在念博士；聽說他台大畢業後要去美國留學；聽說爸媽快要退休了；聽說爸媽退休後要和弟弟一起移民到美國；聽說阿公阿嬤也相繼過世了；聽說……

一切原屬於我該知道的事，我都只能是聽說；然，除了阿公阿嬤的死訊讓我無法釋懷外，一切已變得無所謂了。

我懷念阿嬤的簡單和阿公的三字經。

爸媽，你們知道阿公阿嬤在我生命裡是何等重要嗎？你們怎可如此輕忽屬於我們祖孫之間的情感呢？縱使你們把我擠出你們的人生之外，也不應該如此輕率而自私地把阿公阿嬤擠出我的人生之外；是否，十四年前那個擁別後，我人生的一切，也早已在你們之外？

十四年過去了，而那年，我十四歲。

爸媽，我已經長大了，而你們和故鄉，卻已遙遠。我的人生是否就像跌落在你們淺碟中瞬間的生命？我屬於哪裡？我要回台灣嗎？人，永遠都無法在不屬於自己的土地上生根。

我聽說了很多關於你們和家鄉的聽說。你們是否也聽說，今年紐西蘭威靈頓的冬天比十四年前更冷了？

7. 上天給的錯？

星期五，你向公司請了半天假，希望接下來兩天的連假，能給自己一些緩衝和沉澱的空間，畢竟，這次已不像前幾回，只是小拌嘴、嘔嘔氣而已。

你仔細的收拾著每一件物品，把你的、他的，逐項分得清清楚楚，辨別歸屬，分不清楚的，全歸他，比如那對一起去鶯歌買的水鴛鴦陶藝品。你鉅細靡遺，就連那支已掉毛的舊牙刷和那條像抹布的破毛巾，也一併打包，屬於你的，一樣都不想留，當然也包括你那顆被退回的心；屬於他的，一樣都不想帶走，希望從此埋葬一切，不再牽繫。

一夜間，所有的好，不再美好，所有的壞，已無所謂。

只有幾箱書和幾箱衣飾雜物，就忙了一下午。

其實，多半的時間，你都在感傷和追憶，一件件、一樣樣的，感傷和追憶著一些已成歲月裡的多餘，再次腦殘式的自殘著。

你想著，是否早該停止了那種只是一廂情願的追捕，才能懂得更冷靜地停下來看看自己？是否，也早該斬斷那不斷絲纏的情網，才能重獲破繭的自由？也是否，在這樣一段畸戀的情感裡，自己才是早就該飛的那一個？

在朋友眼中，你是無比的軟弱，你卻無可救藥的自以為堅強。

和搬家公司約好八點，時間尚早，你下樓吃碗陽春麵，順便在巷口轉角的通訊行辦了一個新門號，換了一支新手機。

回到樓上，你再次檢視所有的物品，在打包好的紙箱裡，又挑出了一件未拆封的紅色丁字褲，那是前年你們去雪梨旅遊時他送的，連同腕錶、iphone、尾戒、牛仔褲、DVD……，所有他送你的，全部鋪擺在已清空的書櫃裡。

這些是你滿載的回憶，他卻早已無繫於心。

那只尾戒是年前在你工作不順時，他向命理老師問卜，說你今年犯太歲，為你買來防小人的，也是他送你的最後一件禮物。實際上，你們已吵吵鬧鬧好一陣子了，他信命理，而你信他，這是你們之間問題的根源；然，只要是他為你做的，不論大小事，都會令你很開心，一種死心眼的開心。

尾戒讓你防盡了小人，卻忘了防患那隱藏在溫情中的一股暗流。

笨蛋永遠沒有責怪別人聰明的權利。

歹戲拖了一年多，爛戲本來就不該有續集，好友都勸你，你卻一再自甘墮落的擔綱那個爛主角。然，從垃圾桶中成堆撕碎燒盡的照片，看得出這次你真的橫了心，辭演了。

搬家公司的人進出沒幾趟就搞定了，花不到半個小時，搬運工人狐疑著：「就這麼多嗎？你要不要再進去仔細逡巡一下？看看是否漏了什麼？萬一漏了，改天就麻煩。」「不用了，就這麼多。」你恍神似的，面無表情的隨應著。

臨去前，你把鑰匙丟在玄關的鞋櫃上，抬頭看著華麗的銅門，從陌生到熟悉，這一瞬又變得如此陌生，第一次驚覺到，銅門如墓碑，埋葬你十載正吐芳華的青春。

「喀」的一聲，門關了，多少寒暑的情緣，能載走的，竟就此寥寥。

垃圾車每晚七點和九點各一趟，每天都很準時，只停留十分鐘，你刻意挑時間，不想遇見左鄰右舍或任何你認識的人，不想他們在你背後三兩成群的窸窸窣窣，也不想成為他們茶餘飯後猜測的八卦，只想從此，如白晝流星，一晝而過，也像賊走暗巷一般，靜靜消逝。

臨上車前，你把那裝著舊牙刷、破毛巾、刮鬍刀和保險套的塑膠袋，隨手丟在公車站牌旁的垃圾箱，轉過身，才想到口袋裡的舊手機晶片，隨手掏出折彎成兩半，往身後輕盈一拋，一副孤傲的神情：縱使不要也是我自己丟的，我用不到的（保險套），也不可能成全別人。那是最後殘存的自尊，也是掩飾脆弱的假堅強。你向來都那樣妝點自己，裝得高傲又自滿，但又如何！昨晚，一整夜顧影自憐的啜泣，和棄婦又有何不同。

車子從敦化南路右轉沿仁愛路、衡陽路、成都路，穿過西門町，上了中興橋，一路往三重埔方向。十多年前這橋曾斷過，車落河，死了人；沒地震，超扯的。斷橋兩年後就修好了，車潮依舊熙來攘往，還有多少人記得那悲慘的故事。那年，你大三，也就是你修他課的前一年。十多年後，你們之間才經十年風化的情橋也斷了，也算超扯的，能修復嗎？會死人嗎？該死的是誰？橋斷有國賠，情斷誰來賠？

天曉得。只不過是過條橋，你老毛病又犯了。

他是系上兼任教授，身型挺拔偉岸，講課認真風趣，邏輯思維縝密，是系上學生評鑑的優質教授之一。雖然系上有些關於他的傳聞，但你不以為意。只要不衝堂，他在別校的課，你也從不缺席，經常下課後藉機問些早已知道答案的蠢問題，裝得孜孜不倦，自以為聰明。

獵人變獵物，你的心思早被看穿，但你甘之如飴，因為你也期待著被看穿。

搬離豪宅，你搬進了三重「新的舊家」，是幢老舊的公寓，父親和你妹妹一家人曾住過好多年，幾年前，妹妹和妹婿在重新路上買了大一點的新房子，這裡一直空著沒出租，好像從你上回吞安眠藥自殺獲救後，她就預知你搬回來是遲早的事。

屋內都是全新的裝潢，新傢俱、新壁紙、新地板，連床、衣櫃、書桌和電腦桌都是全新的，掃把和垃圾桶都還貼著大賣場的標籤，空氣中也還瀰散著濃濃的油漆和木屑混雜的氣味，一屋子的潔亮，如不是外牆老舊的磁磚和那落漆斑駁的樓梯間，真看不出這老公寓已二十幾歲了。

書房掛著一幅梵谷的鳶尾花，書桌上擺一張小相框，妹妹知道那是你最喜歡的兩個人，可惜都已不在了。你把母親相框擺在你最喜歡的位置，隨手將妹婿署名送的沙漏反立，細白沙從一端霧散到另一端，和緩均勻，有種呆板的美感，如情緒的出口，縱使塵微，時間一到，終將盡釋。

妹妹、妹婿用心又貼心，希望你有一個全新的人生。

深秋午夜，靜謐得惹人煩，輾轉反側，你還睡不著，只是認床嗎？別再自欺了，明明已一刀兩斷，也明明告訴自己緣盡莫求，怎還自惹一身的絲纏？你忘了，那是心中猶未散盡的懸念。不回頭的決心，這一刻，你竟也忘了。

既然拒絕了3P，今晚的舊床已換新人睡。

你必須承認，元配敵不過小三的永遠是歲月。隆鼻、拉皮、玻尿酸，一切都是多餘，那不是你努力所能改變的，更何況你自己，也稱不上是元配。十年前，你也只是別人眼中的小三，星移物換，這是屬於你應得的報應和懲罰。下一個就是那搶走你床位的人，何必難過。

你仿如開竅似的，嘴角揚起一抹輕笑，在昏暗中。

舊公寓，是十五年前父親花了兩百八十萬買的，預備讓你當完兵結婚用，誰知你一當完兵就搬去敦化南路和他同居了，知情的朋友都稱羨你「嫁入豪門」，而你給家人的理由是上班方便。公司在後車站，那是騙鄉下人的把戲，妹妹看穿卻不說穿，還幫腔共謀欺瞞鄉下的老人家。

十年前，你說公司器重你，派你到美西出差，老父親心喜，逢人就誇你的上進和能幹。孰料，有天在朋友家泡茶聊天，看到新聞大篇幅報導舊金山「全球彩虹大遊行」，記者口沫橫飛，介紹著全世界五大洲各色人種，二十萬人齊聚聖地共襄盛舉，最後攝影師給保守的東方人來段大特寫，你們街吻的鏡頭，偏巧就在那個特寫裡，父親的朋友眼尖，指著電視認出了你，你父親先是一臉驚愕，而後，沉默，離席。

後來，父親搬到台北和你妹妹同住。北上前，老人家整整三個月沒出家門，因為，他敵不過臉上那張被你潑過硫酸的薄皮。

回國後，你收到老父親用紅字筆寫的一封信，開頭沒有稱謂，結尾也沒有署名，字體歪斜顫抖，為何？答案在你沒停過的淚眼中。

子女給父母最好的禮物是榮耀。我也曾如此卑微的奢望過。當看見你在電視上出現的那一秒起，我心已死。這一生，我們之間再無瓜葛。寧願絕子絕孫，我也不願背負一生的奇恥大辱。你勇敢，但我沒有你的勇氣。你母親早走，因爲她怕眞相，我活著，卻承受不起眞相。你了不起，讓死去的比活著的更幸福。記住，來日我走了，不必你拜送，我寧願是個無後的孤魂。因爲，你是殺父兇手。

門開了，就是家。

門裡門外，咫尺之間，有時卻又遙如千山萬水，越不過也逃不了。

隔著紗門，你呆立傻想，模糊淚眼中依稀看見自己十年前門外的那個影子，彷如引火自焚後留下的烙印。

那年某晚，你回到這裡，也是當時你新婚妹妹的家，那是老父親走投無路北上投靠妹妹後，你第一次來看他。

當聽見你的聲音，父親立刻從房間衝出，在你還來不及脫鞋前，賞了你一記狠拳，口中夾雜著三字經叫你死出去。

你帶著領死的決心，儘管嘴角已染紅，你依然低頭不動，你父親用盡力氣再三重捶猛打，狀似狂獸般的怒罵著「滾出去」、「我沒你這種兒子」、「變態」之類的醜話，字字如箭穿心。

一個不穩，你跌撞到門邊的鞋櫃角，手背也濺血了。你可憐的妹妹哭著居中拉勸老父親：「爸，求求您不要再打了。」但父親發瘋似的甩開你妹妹，隨手拿起門後的掃把再一陣狂打，不顧你額角汩湧的血已淹漫了半張臉，就是要把你掃出去，直到你妹婿從背後腋下將老父親架開。

你妹妹花了臉，散了髮，泣立一旁。

停不到兩秒的父親又氣呼呼的衝向廚房，一陣翻找，聽到金屬傢伙的擦撞聲，你妹婿箭步跟了進去，你那可憐的妹妹放聲大哭的對你咆哮：「哥，快走啦，要鬧出人命你才甘願嗎？快出去啦。」左手開門，右手用力把你推出去，然後把門關上。

你妹妹反身貼門，俯首，髮散，咬唇，掩面崩泣。

老父親被女婿奪刀後的雙拳仍緊握，橫眼盛怒，勃露青筋，最後留下粗魯的一聲「幹！」，走進房間，房門甩得很大聲，一屋微震。

同你父親一樣的倔強又固執，你沒走，逕跪在門口樓梯間，滿懷無聲的悲，任憑手背的血沿指尖滴落，額角的血把白衣領染得一片紅。

對戶人家開了門，瞄了一眼又很快的關上，樓上樓下有人走了一半又退回去，隔門碎語窸窣的談論著，你聽不清楚他們談論些什麼，也不在乎，你用最原始而愚蠢的方式，跪求老父親一個原諒。

門縫透出微光，門內微弱的啜泣聲依稀，你知道妹妹還沒睡，好一陣子的安靜後，門輕而緩的開啟，你抬頭看見妹妹紅腫的淚眼和那如瘋女般的散髮：「哥，先回去吧，等爸氣消了，我再跟他聊聊。」輕聲輕語的哽咽，是憐憫，也是哀求，因為夾在親情間的她，已無計可施。

跪了兩小時，求解一個無解的結，那是份你自己如今想來也心酸的愚蠢。

那晚，你成了小公園裡一具輕飄飄的遊魂，遊蕩在上天所賜的無間裡。

隔天妹妹告訴你，當你離去後，昏暗中，她看見老父親原來關上的房門半掩，也看見一個佝僂拭淚的老黑影。

整整十年，你和父親沒再見過一次面，沒再講過一句話。老父親的痛和你的淚，是你們之間無聲的連結。

除夕前一晚，你妹婿來電說父親要他給你電話，叫你除夕夜到他們家去圍爐。

你妹婿忠厚，平常少話，說謊，像要命似的吞吐，講沒幾句就趕緊把話筒遞給你妹妹：「哥，希望你明晚過來一起吃年夜飯，爸爸雖沒有明說，但他昨天突然穿了好幾年前父親節你送的那件新外套，那外套從沒拆過，壓在衣櫃底好幾年了，這幾天來，我突然發現他都在翻一些你這幾年送他的禮物，我看得出他心裡有期待，今年紅包你自己親手送，給他老人家一個驚喜，ＯＫ？」

不知妹妹幾時竟成了心理專家，好淒美的謊言，你輕笑，鼻微酸，眼微濕，定神深吸了一口氣。

「這些年妳代我轉送的禮物和紅包，他不都連看也沒看一眼。」

「今年不一樣，你搬回來了。」

「不一樣？我是走投無路吧。」

「別這樣講，以後我們一家人不是住得更近了。」

你猶豫著。

「心遠路就遠，我不想當那顆老鼠屎，還是算了吧！」

「不會啦，都這麼久了，每個孩子都是父母心中永遠的牽掛，不是嗎？」

自己是父親一塊亟欲割除的爛肉吧？眼前浮現了當年那封絕筆信，淚水在眼眶裡拔河，你再次猶豫的想著。

「妳孩子都大了，萬一有狀況不太好，還是改天吧！」

「喔！……，那，要不要幫你送些年菜過去？」

「不用麻煩了，妳上次送來的還一大半躺在冷凍庫裡，我……我一個人，簡單得很。」

你知道妹妹的掛心和不捨，然，父親是否一樣的掛心和不捨？

十年不見了，老父親過年六十又八了，未來還能有多遠？你想著一個多年以來一直不敢去想的心酸。你也明白，搬回來，就仿如棄婦哭回娘家，惹憐也惹話。

過年，一個人？一家人？遲早一個人就是一家人，縱使內心起伏，還是裝得無所謂，那是你慣有的假堅強和真脆弱。反正這些年，你早已練就一杯咖啡一本書就可以混一下午的本事。

享受孤寂，注定是你一生必修的課程，早習慣早免疫，你清楚又覺悟。

走出大賣場，天微雨，空氣冰冷。

台北的春節，一如往常，商家早已打烊，車少人稀，宛如一座濕冷的死城。你撐著傘，低頭數著散漫的步伐，像個無家的遊民。一路上偶爾聞到飄來的火鍋沙茶香，你暗想著，父親和妹妹一家人也正在圍爐吧！

再轉兩條街，就到家了，縱使一個人。

年節，對某些人而言，是種傷害。

貪黑的路燈孤立在巷口，映落著天空斜飄的冬雨，正如你映落在這城市的孤寂。

孤燈斜雨下，你遠遠的看到一個撐傘佇立的黑影子，一個背光下有點熟悉又陌生的身影，不會是……？你瞬間清醒，心跳加速，想轉身逃離，卻又不自主地一步步往前行，在巷口的另一角，停下。

孤燈下，兩個撐傘對立的黑影，一個等待十年的微笑，在雨中，你淚不止。

8. 白袍下的黑靈魂（上）

引子

淡水，春霧迷濛，夏陽熾艷，秋風徐徐，冬雨霏霏，是個晨昏四季都絕美的小鎮，王群岳是鎮上一家知名診所的醫生，是個溫良而奇特的人。

「王醫師，如果沒有其他事，我先回去了，我小女兒每天都等我回去哄她睡，其他的事就麻煩王醫師了。」

護士小姐依習在回家前向王醫師道別。

「對了，王醫師，你最近看起來好像心事重重，很疲憊的樣子，早點休息吧，別累壞了，再見。」

「真的嗎？謝謝妳的提醒和關心，再見。」

王群岳心驚之餘，嘴角勉強擠出了一抹慣有的淺笑。

王群岳一向公私分明，善於藏心，近來是怎麼搞的，竟讓眼尖的護士小姐看穿了，不自覺的輕嘆，拿下掛在頸上的聽診器，闔眼癱坐診椅，陷入深沈的長思，試圖為自己的困境找一個答案，至少今晚回家後就該有個答案。

王群岳是家中獨子，父親是已退休的公務員，雖是小康家庭，但從小備受父母驕寵，自己也聰敏勤學，從建中到台大醫學院，一路上都是人人稱羨的佼佼者，是父母的榮耀，也是同儕的榜樣，稱得上是個聰明得天理難容的頂尖學生。

獨子的童年，總是三千寵愛集一身；長大後，卻往往萬千責任壓一生。

執業沒多久，父母即急著催婚，起初還可以拿很多理由東遮西掩，然，當歲月的年輪爬過三十，催婚就逐漸演變成逼婚，尤其是個性強悍的母親，指責、眼淚和利誘，極盡手段，最後甚至以死相逼，仿如早已為兒子編好人生的劇本，不論悲喜，王群岳只能是個屈從配合的演員。

當心中的情愛已滿，又如何容得下另一份情感，王群岳依然堅持知識分子那份精神面的固執。

父親中風病倒了，王群岳急趕至淡水馬階。

當一推進病房，看見父親幾乎睜不開的眼，如紙蒼白的病容，和那彷彿一夜間驟然霜白的亂髮；病榻旁的母親，一見到兒子，那枯而瘦的臉顫然，眼眶噙淚，無助的咧著嘴，顯示了無言、無助而黝深的哀傷，這一刻，王群岳所有曾經的堅持，已在殘弱的病父和母淚中，溶解了。

某些時侯，某個角度，人生，簡單得只是生來死去；生命，也短暫庸俗得只是數盡寄居人世的數十寒暑。

結婚生子，是條凡常人必然的路，當你走在岔路上，只有非議和責難，沒人在乎你真正的情感，沒人看得見那紅太陽下灼燒的黑靈魂。

大五那年的寒假，在陽明山某溫泉會館的白礦池，偶遇林先生，一股生澀莫名的情愫，自心中最深暗處泅泳而出，如春雷後的驚蟄，王群岳眼神時而急閃，卻又時而不自主地如窺豹般的盯視，縱使表情裝得輕鬆自若，也難掩內心情慾起伏，越想壓抑卻越迅速的擴散和漫延，王群岳驚悸於這樣奇特的情愫，卻又自然而無可抑的釋放和咀嚼。

突然，胸口一陣緊縮，這就是情愛的痛嗎？

兩人一個短暫的邂逅，相互自然而默契的牽引，就這樣，那如夢中霜髮仙翁的身影，無聲息地飄進心房，糾結的愛，絲纏好多個無名的夜，王群岳情愛的靈魂，悄悄地埋葬在那灰白間襯的髮間，和那溫善的眼神裡，從此，開啟了一生掙扎的情感路。

自從父病一場後，為孝而順，就像一個無解的桎梏，緊緊地牢錮自己的人生，為了給父母一個安慰，也為了成全自己孝順的美名，王群岳最終還是向宿命低頭，走上凡常人的路，娶了一個從沒愛過的人，開啟了一連串欺瞞的人生，那是一場噩夢，一場醒後多年仍感寒顫的噩夢，而王群岳自己就是那自導自演的織夢人，是齣沒開場就注定結局的悲劇。

王群岳突然從半寐的淺夢中驚醒，發現原已疲困的身心更加疲憊不堪，赫見牆上掛鐘的指針已走在午夜十二點，關了小檯燈，提著幾乎空無一物的公事包，拖著一身的沈重，走向回家的路。

其實診所離家不遠，但和往常一樣，王群岳習慣性的繞遠路，一次比一次繞得更遠，心中甚至曾渴望，自己有一天能繞到一條走不到家的遠路。

來到經常光顧的小公園，依然是選擇熟悉的老位置，不遠處坐躺著數個安靜的流浪漢，王群岳心想，除了一身革履的衣著，自己和他們是否不同？甚至是否有著更醜惡的靈魂？遊民只是期待一餐溫飽，自己也只是渴望一個最忠誠的人生；他們也許偷過一個麵包，自己卻偷走一個女人的一生，如今，一切已無回頭路。

是個人人稱羨的白袍醫生，但，長久以來，王群岳感到生命的無奈和無趣，始終生活在謊言中，在黑暗裡卑微喘息，在罪惡中貪取一份不見光的情感，在俯仰間感嘆自己那白袍下的卑賤人格，睜眼是空茫，閉眼是迷流。

當王群岳選擇做個孝子時，冥冥中，就已為自己的人生譜寫了一首悲歌。

謊

相親當天，王群岳竭盡所能地表現最優質的一面，幽默又不失儒雅，細膩和大器兼容，儼然像個勢在必得的獵人。女主角程欣如典麗溫婉，眉宇間散發著一股現代女性少有的質感，但王群岳心裡明白，那是一份注定薄命的紅顏。

送走程欣如及其家人後，王群岳知道自己偽裝得十分成功，其實也不必過度偽裝，醫師的頭銜，已讓他凡事都無往不利，但王群岳心中卻咀嚼著五味雜陳的痛苦，彷如一個在戰火中英勇殺戮的士兵，良知的罪惡感淹沒了勝利的喜悅。

王群岳呆坐傻想，兩眼死魚般地盯落在那杯早已冰冷的黑咖啡，心裡想著十里外的愛人，心中暗疑：不知假情愛會讓自己的真情愛產生什麼變化，又將會為自己和別人帶來何種不可知的災難。

相親後，兩人固定每星期六約會一次，每次都是吃個飯、逛個街、散個步或看場電影。

王群岳覺得所有虛情假愛的分秒都變長了，最後只好編個理由脫身，驅車趕往天母林先生住處，比相親前更盡情更賣力地雲雨一翻，是份不安後的贖罪，也是在測度彼此情感的溫度。

曾經多次，程欣如嬌羞而溫柔的雙眸凝望，暗示著一個體貼浪漫的輕吻，但在王群岳眼裡，如此絕色美女卻有如咧嘴張牙的蛇蠍，王群岳每每不敢直視，急忙裝傻起身，提議去逛書店，心裡滿懷歉意。

也曾經，王群岳努力地試著去愛和改變，但任憑如何努力，情感總是只能游離在愛情和友情間模稜兩可，到頭來終歸只是一種自我欺瞞，所有的努力都在林先生的一通電話中變了調。

後來，兩人約會時間越來越短，所能聊的也越來越少，沉默越拉越長，女人天生多感而敏銳，如不儘早在盲亂中求婚，所有的虛情假愛終將現形，王群岳明白。

從程欣如答應婚事那刻起，王李兩府歡天喜地，尤其是王家兩老，臉上終日堆著笑，鉅細靡遺地張羅著獨子的婚事，然王群岳深明，此時兩家人上下的喜，正逐步醞釀著一個可能的悲，為了滿足父母，自己卻挖掘一個墳墓，唯一不可預知的是，這個墳墓最後終將埋葬多少人。

結婚當天，林先生也是席上佳賓，一身筆挺，一副優雅，一臉溫善，王群岳心情忐忑無措，眼神不時飄向林先生的方向，暗察他的神色。

林先生主動走向主桌，作揖向兩府恭賀，順勢拉開新郎，給了一個深懇的擁抱。

「群岳，撐著點，大喜之日不許有淚，某些時侯，不得已的謊言和偽善，注定是我們人生的一部分，不論如何，我還是得在眾人面前，送給你一份包裝的祝福。你沒變，我沒變，屬於我們的一切都不會變，永遠記得這一點。」

林先生旋即轉身離去，王群岳兩眼目送他以手拭臉的背影。

當林先生提前離席後，王群岳的淚在偽笑中滾落，假裝喜極而泣，繼續未完的婚禮，在五味雜陳的傷痛中假裝豪氣，故意讓自己在親友的杯觥交錯中喝個酩酊大醉，只為了逃避當晚洞房花燭夜的一劫。

自結婚那夜起，王群岳罹患了黑夜恐懼症，每次房事，都只能靠藍色小藥丸充當個假英雄，也習慣性地把燈全熄了，不讓兩人看見彼此的眼神，沒前奏，也沒後曲，在空洞乏味中假裝高潮，草草了事。

沒有愛的性算什麼？路邊的野狗也會交配，沒有愛的性和狗交配有何不同？自己又跟野狗有何不同？王群岳捫心自問。

婚後與林先生的關係依舊，只是王群岳自己變得敏感而易怒，某天，兩人細故口角，求歡遭拒，雙方陷入嚴重的冷戰，王群岳亂了方寸，變得更加敏感多疑，向來溫和的個性變得乖張無理，也莫名的將負面情緒轉移到程欣如身上。無理的遷怒，無端的咆哮謾罵，每次都是小題大作，鬧得王程兩家上下雞犬不寧，沒人知道原因，也沒人能勸，王群岳唯一逃避的方式，就是晚歸或留戀於聲色，將新婚妻視如冷凍庫裡那塊令人嫌惡的過期肉。

騙婚再悔婚，滿口仁義道德，人格卻是如此污穢不堪，王群岳心中滿是有口難言的歉意。然而，既已苟同於世俗的價值，再多的自責和歉意，也只是多餘的情感，說穿了，也只不過是為了減輕心中的那份罪惡感。

女人，一生最大的心願就是找個最堅實的依靠；女人，對情愛的嗅覺遠比品酒師還靈敏。

程欣如帶著眾人的祝福，當了人人稱羨的醫師娘，原以為往後的人生，就簡單的只是數著鈔票和幸福，但事與願違，程欣如總是窺不透先生的心思，量不到丈夫的情愛溫度，只是個悶悶不樂的醫師娘。

她原以為兩人只是單純的個性不合，只要多點時間磨合，一切總有轉圜的餘地。

有一天，她發現梳妝臺上王群岳遺忘的隨身皮夾，一向心細的先生怎會忘了？程欣如心疑，隨手打開皮夾，赫見一包藍色小藥丸，一張溫泉旅館發票，和王林兩人一張讓人不敢置信的親暱照。

婚姻，在這一瞬裡，終於完全明白。

房間裡，一片的靜，暗夜街燈把樹葉映拓成窗花，隨風疏落影舞，程欣如移步窗台，把心攤開來，一頁一頁地檢視著婚前婚後的點滴，憶起當初自己愛慕虛榮而草率的決定，情緒深陷悔與恨。

悲

凌晨一點多，王群岳終於回到家了，看見太太還沒睡，面色深沉，心中已然明白，一切就在今夜了，橫豎都是一條路。

而從王群岳進門時露出疲憊又鎮定的神色，程欣如更加確認：遺忘的皮夾並非無心。

氣氛凝重而詭異，兩人有著共同的想法：路已來到了盡頭。

「今天怎麼這麼晚？」當王群岳一盥洗完，程欣如先開口了。

「看完診在診所睡著了。」

「你今天忘了帶皮夾子，我翻看過了。」

「喔！」王群岳邊擦頭髮邊應著，並無驚訝的表情。

「那個人是誰？」

「是誰重要嗎？」

「當然，我們今天得講個清楚。」

「是誰不重要，那只是另一種情感的縮影，妳不會懂，也不必多問。」

為免殃及無辜，王群岳的語氣十分斬釘截鐵。

「我不懂？也不必問？都甚麼時代了，任誰都懂一點蕾絲邊和斷袖的情感，別以為只有你們醫師才是聰明人；皮夾你是故意留給我看的？所以才又故意這麼晚回來？」

「這段時間，大家生活得一團糟，不也該是時候了嗎？」王群岳口氣冷淡。

「為何是我？你最好給我一個好理由。」程欣如眼眶噙淚。

「我也說不上來，好姻緣是緣份，孽緣是命吧！」王群岳不知該如何回應。

「這算什麼答案？那你為何不乾脆花錢隨便娶個外籍新娘算了？」

程欣如不滿的情緒逐漸高漲。

「每個人的人格平等，用錢買婚是種歧視，金錢買不到幸福的婚姻。」

王群岳以讀書人的口吻順應著，卻忘了自己的立場。

「沒人格的人不配講人格，也不配講平等，鄙視買婚自己卻騙婚，騙婚就騙得到幸福嗎？」

對於王群岳立場盡失的假道德，程欣如已完全按捺不住情緒。

沉默半晌。

「騙婚比買婚更無恥，你是鎮上的名醫師，怎可如此卑劣無恥？怎麼可以這樣對我？」

「至少現在我對妳誠實。」

「你這種虛偽後的誠實，連小偷都不如。」

「對不起，一切都是我的錯，我已被我母親逼得走頭無路，是我對不起妳。」

「被你母親逼的？好理直氣壯的藉口，如果你母親逼你殺人放火你就殺人放火嗎？她有逼你詐婚傷害我嗎？頂著全天下最高尚的職業，卻卑劣無恥的騙婚，王群岳，你簡直是個自欺欺人的白袍禽獸……。」

程欣如情緒失控，越罵越大聲，近乎歇斯底里，身體順牆慢慢地滑坐到地板上，掩面崩泣。

王群岳見狀，只能順手試著把音樂開得更大聲。

「是我對不起，但請妳小聲點，我們可以理性的慢慢談，不要吵醒父母親。」

「為何要小聲點？叫我如何理性的談？你都不怕讓我知道了，還怕別人知道嗎？」程欣如故意放尖聲音。

「或許吧！吵吵鬧鬧的生活我已受夠了，妳還年輕，人生的路還很長遠，有個好的結束對妳也好，當然啦，我也有最壞的打算，是我對不起大家，包括妳的家人。」

王群岳深明針鋒相對只會更激化，只好以退為進的說些軟話。

「你受夠了，我受的不夠嗎？是為你自已好還是為我好？用毀滅一個女人的一生來安慰你父母，王群岳，你太自私了，無恥的自私，為了成全自己，竟把所有的苦痛加給我，公平嗎？你騙婚再悔婚，一切偽裝得天衣無縫，然後現在只想兩手一攤，說聲對不起就了事，王群岳，你知不知道，你的樣子就像一隻蟑螂一樣，令人作嘔，你簡直是個比岳不群還虛偽的偽君子。」

「妳盡情發洩吧，就我們的婚姻而言，我承認，我是比岳不群還岳不群。」

王群岳坦承自己虛偽自私的一面。

程欣如斜睨著王群岳，語如利刃般的刺向王群岳：「別以為坦承一切就沒事，岳不群最後可是死得很難堪，王群岳，你倒等著瞧，看看留一個皮夾子會為你留下什麼下場。」

「事到如今，一切都隨妳，妳可以選擇向所有人張揚，讓我身敗名裂，但我早有心理準備，一切已無所謂，任何人都傷不了一個一切都無所謂的人。當然啦，妳也可以請律師告上法院，為自己討個公道；也可以選擇開出條件，但你知道我的能力有限。」

王群岳毫無避諱地把可能的解決手段告訴了程欣如，讓對方知道他的無所謂，也暗示著他的胸有成竹。

「還有，如果有任何第三者知情，我們之間就沒有條件可言，決定權在妳，我希望我們給彼此一點考慮的時間，這兩天我住外面。」

王群岳無所謂的態度讓程欣如更加狂怒，氣得擠不出半句話。

臨出門前，王群岳突然回頭：「對不起，程欣如，在妳想著如何報復我之前，也請妳千萬記得，三年前妳與前男友在板橋中山路某診所墮胎，還有上星期妳們在汽車旅館幽會的事，除非不得已，否則我也不會告訴任何人。」

王群岳突然放出冷箭，話講得淡而條理，顯然有備而來，並非魯莽的賭徒。

三天後，王群岳以三百萬埋葬這場自取的噩夢。

9. 白袍下的黑靈魂（下）

逼

臨海季風效應，淡水的夏天高溫炎熱，老街的愛玉冰和酸梅汁也冰鎮不了這一片燠熱和煩躁。

離婚後幾年，王群岳除了忙著診所的事外，平常一休診，就推輪椅帶父親到小公園一起聊聊天，曬曬太陽，呼吸一下新鮮的空氣，日子過得像白開水。

「群岳，你們離婚真正的原因是什麼，我不清楚，也不想再追問，多問也無濟於事，但我們王家兩代單傳，總不能就此絕後吧！」

王父側過頭來想看看孩子的反應。

王群岳笑笑，沒多嘴。

「這兩三年來，我身體的情況越來越糟，再慢的話，不知道我是否還有含飴弄孫的命。」

王父徐徐地款敘著遺憾和期望。

從王群岳的表情，父親的話顯然沒有殺傷力。

「也沒什麼特別原因，只是個性不合而已，再婚的事我有託請朋友及同事幫忙注意，何況我才三十七歲，婚姻這種事也只能隨緣。」

王群岳輕描淡寫，再儘說些父親身體狀況越來越好，只是還不能走太多或站太久，只要耐心點復健，不久就可以康復之類的話安慰著，試圖轉移話題。

「現在年輕人都不知道在想什麼，個性合與不合，就決定愛不愛，就決定分合，這只是自私與不負責任的藉口而已，每個人都只是找一個籠統的理由掩飾自己的不負責任，如果這就是輕易離婚的好理由，那麼普天下有哪對夫妻可以白頭偕老？」

老父親說上癮似的，越扯越遠。

「就拿我和你母親來說吧，結婚都四十年了，兩人的個性從來沒合過，除了我生病住院那段日子外，還真想不出哪天沒吵過，用你們現代年輕人的標準，不早就該離了。我有個老朋友告訴我，他每次對老婆的想念，都是從和她生前的吵吵鬧鬧開始。」

王群岳專注聆聽，頻頻用點頭認同父親的看法。只是父親向來開明溫和，未曾對結婚這事有太多意見，也從未聽聞父親如此的長篇大論，王群岳甚感疑惑。

「其實，你母親的個性你是了解的，不但逼你，也常逼著我來逼你，但俗語說，緣盡就莫求，強求無用。剛才我們聊了很多，我只是轉達，絕無逼勸之意。」

王父看穿兒子的心思，還是不忍心的表明自己一貫的立場。

「兒子，千萬要記得，首先，你得完全清楚自我情感真正的歸屬，再談婚姻，找一份真感情遠比結婚重要，不要走在世俗命定的迴旋裡，實誠的人生，往往需要很大的勇氣。」

王群岳強烈的感受到父親突來的弦外之音，心頭一怔，頓時語塞。

「王太太早，這些都是今天一大早現殺的，還溫溫的，中肉一斤九十元，上肉一百二，今天要多少？」豬肉攤老闆熟絡的招呼著王群岳的母親。

「今天不要肉，小排買兩百。」

「那是妳兒子嗎？是不是就是那個上回妳來時，跟我老婆講得一把鼻涕一把眼淚的醫生兒子嗎？」

老闆單純而直率的問法，直率得讓人無法招架。

「是啦，我就只這個兒子而已，最近我患了五十肩，我兒子來幫我提菜。」

「王醫師你好，當年高中和大學聯考，你都是我們鎮上的榜首，現在又是鎮上的名醫師，長得又帥又斯文，我若是女生也會想要嫁給你，放心啦，隨便都娶得到，俗語不是說什麼：天涯何處無芳草，又說什麼……何必……，喂！水某，下一句怎麼接？」

「何必單戀一枝花啦！叫你多讀書不讀，如果是麻將經你就可以念個三天三夜。王醫師，不好意思，我先生是個老粗，隨便講講，你別介意。」

老闆娘接腔搭唱著。

「不會啦，老闆人很風趣。」

王群岳滿面通紅，尷尬地笑立一旁。

「我和你母親是十幾年的老朋友了，以前聊到你，她都是滿心歡喜，最近都是老淚縱橫，她說能看到你結婚生子，是她人生最後的薄願，更何況你是獨子，傳宗接代，更是理所當然，不要讓老人家的人生有遺憾，你聰明又孝順，知道如何做才是，請見諒我們的多嘴，王醫師，不好意思啦。」

老闆娘一講完，轉向王母，彼此給了一個默契的眼神，顯然是經母親授意而幫腔，非偶然隨性之語。

好不容易從一場噩夢中醒來，又如何再編織另一場噩夢？

有天下午三點多，隔壁的春桃嬸鐵青著臉，慌慌張張地跑進診所：「群岳，快回家一趟，你爸媽病倒了。」

王群岳放下工作，交待另一位醫師，匆忙的快步與春桃嬸回家。

「春桃嬸，到底是怎麼回事？」

「中午和你母親約好下午一起到我家泡茶，遲遲不見人影，剛才我去你家叫她，發現你母親昏倒在一樓樓梯邊，你父親則癱躺在床上，兩人都臉色發白，我見狀即急呼我老公過來幫忙，並叫了救護車，不知是食物中毒還是怎麼樣？我也不知道。」

春桃嬸邊疾走邊告訴王群岳狀況，焦急得差點掉下淚，倒是王群岳，不悅遠超過焦慮，仿如一切早已心裡有數。

交談中，兩輛救護車嗚笛急嘯而過。

遠遠地就已看見救護車停在家門口，警示燈依然閃轉，許多鄰人交頭接耳的圍觀著，急跑入家門，兩老已抬上單架，王群岳隨手撿起滾到沙發旁的鎮定劑藥瓶，隨上救護車，另一輛就由春桃嬸幫忙。

當王群岳牽起母親的手，發現母親緊握的一張字條：

群岳我兒，既然你喜歡自由，我們兩老不想給你負擔，決定讓你完全的自由。

王群岳知道，這是母親再次的以死相逼，也深明，這是一齣再三重演的爛戲；然，心卻仍是無以名狀的割痛，痛得以頭猛撞著車窗，試圖用另一個痛取代割心的痛。腦海裡不時浮現著「兩代單傳、絕後、涕淚縱橫、人生最後的薄願……」，一幕又一幕，如電影過場般。

這些年來，為了父母的一個安慰，和自己那份隱性情感，王群岳已在愛情和婚姻的路上幾生幾死，彷彿在每一份幸福的背後，都隱藏著巨大的悲哀；在給父母短暫的安慰中，總像在醞釀著某種不可知的悲劇。

王群岳闔眼癱倚車窗，眉宇鎖深愁，心情沉甸：我該如何？

一個聰明絕頂的人，卻敵不過現實生活困境的低能，走不出人生中的迷霧。

王群岳利用一個小假，飛往北海道，遠離塵囂，放空自己，希望在北方的雪國，能給自己來一場理性的自療，也試圖和自己過往的生命來場大和解。

早冬初雪，山巒一片白茫。

一連五天，王群岳都是沏一壺花茶，靜坐在民宿旅館露台的花窗邊，痴望遠山的那一片白，任憑頭頂上的枯葉一片片的，飄零，墜落。

生命的歲月，正值盛夏，原以為應是綻放著盛夏的絢麗和燦爛，回首時，才驚見生命的園圃裡，盡是謊言和欺瞞的荒蕪，一片令人感嘆心驚的貧乏。

生活，一直以來，總是不斷的逃避，再不斷的妥協，宛如一個不斷被命運追殺的窮寇。在不斷的逃避和妥協過程中，也只是讓自己陷入更深的空洞，在空洞孤寂中，看見了自己的軟弱與空虛，渺小和無助。

花園不該只有花，草原不該只有草，森林更不該只有樹。為何自己不能是花園中的一棵樹或是草原上的一朵花？如果草原上可以有花，花園裡可以有樹，為何自己卻只能是個紅太陽下的黑靈魂？

道理，也許每個人都能說得明白，但人生路，卻未必每個人都能走得平順。

上天給了一個人聰明，為何卻忘了給他走出迷惘人生的智慧？如果，這只是上天對一個人開的小玩笑，那麼，自己又何嘗不可以給自己的人生一個大玩笑？給自己的人生一個大賭注？

紙婚

「妳們好，我是王群岳，請問哪位是何秋萍小姐？」

王群岳坐在咖啡屋的最邊遠角落，起身對兩位前來的小姐寒暄著。

「王先生你好，我是何秋萍，這位是我朋友，她姓羅。」

「何小姐羅小姐你們好，請坐。」王群岳在陌生女子面前仍顯不自在。

「王先生好，我和小萍住在台北市民生社區，我們一起在金山南路開了一家複合式餐廳，有空來吃個飯或喝杯咖啡，我請客。」

「謝謝，我住淡水，在一家診所擔任內科醫生。」

「小萍三十歲了，她父母最近逼得很凶，三天兩頭就要她回新竹相親，甚至命令她回新竹同住，謝謝你肯見我們一面。」

「別客氣，如果談得成的話算是互助，也是各取所需，但條件還是要先講好，相互遵守，絕對信守承諾。」王群岳一副慣有的謹慎。

「那是絕對的，圈子裡很多朋友都有相同的情況，大家都明白遊戲規則，你放心。」羅小姐顯得熟門熟路。

「先說說妳們的條件和想法。」

「既然是互惠互信的原則，一切就簡潔點，還是先聽聽王醫師的意見吧！」羅小姐試探性的問著。

雙方各懷鬼胎的禮貌，客套得很不自然，像是車禍賠償的調解談判；也像拍賣價位的刺探，令人有種不安的窒息感。

沉默半晌，王群岳還是先開口了。

「既是我約的，就由我先說好了。結婚後住我家，同房不同床。料理三餐及簡單家事。妳們可以完全自由的往來，每星期可見面一次，每個月可以以回娘家為由，兩天一夜。我希望有小孩，以人工方式助孕，每生一胎我會給何小姐五十萬元，希望能生兩個，孩子出生後就分房睡。離婚時孩子無條件歸我監護撫養。我每個月付何小姐兩萬元。雙方對他方以外的所有人，絕對謹守祕密。」

王群岳講完，把寫得密密麻麻的小抄再看一遍。

「還有，不得干涉我個人私生活。除何小姐父母兄弟姐妹外，任何人不得到我們家，當然包括羅小姐在內，一切盡量單純。」

「王醫師，你真細心，還有別的嗎？我已大致抄下來，其實也沒什麼特別的，我們回去商量一下，再電話連絡或約個時間見面。」

「暫時就先這樣，今天謝謝妳們，我再坐一會兒。」

「謝謝你的咖啡，王醫師，那就後會有期了。」

一星期後，三個人約在民生東路的「浪漫一生」咖啡館見面。

「你們回去後考慮的結果如何？」王群岳直截了當。

「王醫師，內容大致上沒問題，只是有幾個小地方必須再和你談談，畢竟這對雙方往後的生活影響鉅大，我們還是先小人後君子，你說好嗎？」

羅小姐一副必得的態勢。

「妳請說說看，但我也有我的立場。」

王群岳顯露出不可能退讓的態度。

「那我就不拐彎抹角了。首先，我們希望結婚要晏請親友，小萍的父母愛面子，在地方上也是有頭有臉的小望族，女兒嫁個醫生，當然想風風光光地辦場婚禮昭告眾親友；再者，我們認為需應俗的七十萬元大聘，另再加三十萬元小聘，大聘如退回，你和小萍各半；另者，小萍在我餐廳上班，月薪四萬餘元，所以希望你將每個月兩萬元生活費提高到四萬元；另外，我和小萍希望每星期見面兩次，假日的一次要兩天一夜；還有，每年至少讓我們出國一次，就這樣，其他條件就全依你了，不知王醫師意下如何。」

王群岳自認為所開出的條件已相當優渥，對羅如賣肉市場討價還價的嘴臉，顯得不耐，不，是有股厭惡感。

「內容突然改這麼多，我再考慮考慮好了。」

「這麼重大的事，王醫師想再多點考慮，那是應該的。」

羅話說得體貼，但總讓人覺得都是說在嘴皮上，仿如是個身經百戰的皮條客。

「還有，如沒其他問題，下個月可以先安排和雙方父母見個面，王醫師，麻煩這兩天給我通電話確認，再見。」

羅看穿王群岳心急的死穴，顯然胸有成竹，一副勝券在握的俐落語氣。

明明是互惠的立場，卻因為羅的介入而變調，變得像競價的跳蚤市場，王群岳卻像是隻待宰的肥羊，雖不諳於生意門道，但也不能心急而屈從，以羅的強勢，輕易草率允諾，結婚後恐將會禍患無窮，王群岳自以為聰明的盤算著。

氣。

王群岳決定暫時擱下，不再進一步連絡，並試著上「另類紅娘」網站再碰碰運

網站上的PO文琳瑯滿目，每則都很直接，結婚從一百萬到三百萬都有，結婚先給一半，半年內就可離婚，辦離婚時再付一半，若要生小孩價碼另議，不與夫家人同住，甚至也有單純陪見父母的「伴遊女郎」，本島每日一萬元，海外一趟五萬元起跳，每天另加一萬元，均不含額外開銷，當然也不含陪睡。儼然是個無關性愛的另類人肉市場。

關掉筆電，已見東方魚肚白。

王群岳感到無比疲困，卻是毫無睡意，一心懸念著年邁父母和那不切實際的尋婚路；也質疑上帝，一切是命中的定數？還真的只是老天忘記收回的一個玩笑？

在輾轉反側中走入夢鄉……。

手機突然響起，王群岳在睡夢中驚醒，發現已近中午時分。

「喂！你好，哪位？」

「王醫師你好，我是何秋萍。」

「何小姐妳好，有什麼事嗎？」

「是這樣的，上次在浪漫一生，我lover羅小姐說的話是滿了些，可能嚇到你了，真抱歉。其實，你說得對，這只是給雙方父母一個交待而已，應該是以互惠互信為基礎，又不是菜市場，何必走到稱斤論兩的地步，過度計較只是彼此人格的傷害，我想就依你的條件，但我希望沒有小孩之前，你能答應我，白天可以讓我自由往返台北和淡水，你就對你家人說我在台北上班，不知王醫師意下如何？」

「羅小姐不會有意見嗎？」

「不會啦。」

「之前兩次見面，我看都是她在發言，她看來像是妳的代言人似的，希望妳們能先商量好，畢竟妳們才是真正的一家人。」

「這是我的事，決定權在我，我說了算，當然啦，我會先跟她談好，王醫師放心。」

「那就好，謝謝妳的電話，再見！」

「再見！」

何秋萍偕王群岳相互拜謁對方父母，雙方父母都十分開心，尤其是何家兩老，從未聽聞女兒嘴裡掛過任何男人的姓名，卻突然帶回一個當醫生的準女婿，簡直是喜出望外，在全新竹市最頂級的魚翅餐廳宴請未來的女婿，席間，何父打開了話匣子，滔滔不絕，在微醺失控的音量中，享受著一份偽裝的虛榮。

結婚當晚，「夫妻」倆均未寬衣解帶，王群岳拉出床下暗藏的沙發床，兩人不發一語，各自咀嚼著與陌生人同房的怪味，心中各有盤算。

居家時間，何秋萍總是靜默，千金慣了，不諳家事，與公婆也沒太多的交集，只有外出時才會稍露喜色，兩老雖不滿意，但對得來不易的第二個媳婦，總是隱忍再三。

三個月後某晚，王群岳洗完澡，才見何秋萍姍姍進門。

「為何這麼晚才回來，手機也不接，兩個老人家一直餓到八點才吃飯。」

「對不起，羅小姐明天需要二十萬輒票，籌了一整天都籌不到，我心情不好。」

「那是她家的事還是我家的事？妳要搞清楚。」

「你知道的，她的事就是我的事。」

「今天的事算了，但下不為例。」

「王醫師，對不起！能不能，能不能請你幫個忙好嗎？明天一早我會向你爸媽道歉。」何秋萍難得放軟高傲的姿態。

「我只對我們之間的承諾負責，其他的，我一概不管，希望妳牢記這一點。」

第二天一早，王群岳一起床即不見何秋萍，在梳妝臺上發現一張字條：

王醫師，早上我已向你父母道過歉，現在帶兩老出去公園走走，附上帳號，保證不再有下次，感謝你的幫忙，羅小姐下月底併息奉還。

「羅小姐要我謝謝你。」

「喔，好！妳下次月事大約是什麼時候？」

「再過幾天吧！為什麼突然這麼問？」

王群岳突來怪問，何秋萍滿臉疑惑，但還是按著手指默數。

「下星期，我帶妳去我朋友的醫院做人工授精，過程很簡單，不會很痛。」

「這事，我還是要和羅小姐商量一下比較好。」

何秋萍略顯猶豫。

「這是我們的約定，不必要第三者的同意或干涉。」

「請你講話尊重點，誰是第三者，是你還是她？按理說你連第三者都不是，這事你心裡清楚的，你是明白人，說話可要講道理。」

王群岳停下手邊工作，側著臉，狠狠給何秋萍一個警告的白眼。

「我不管那麼多，一切條件早已約定好，由不得妳任意毀約，妳配合的話，先前匯借的二十萬元，就當成是預付生產的訂金，時間安排好後，我會預先告知妳。」

結婚後，何秋萍有如王家裡的一枚不定時炸彈，凡事，王群岳都因過度的小心翼翼而始終處於劣勢，只有談到錢時，才稍能鞏固日漸流失的尊嚴。

往後一年多，何秋萍和羅小姐陸續以各種理由為藉口，向王群岳威脅利誘，額外再挖了上百萬，但精卵卻始終無法著床順利懷孕。

據醫師友人分析：你的精蟲沒問題，你太太健康狀況良好，子宮壁厚實，成功率應很高才是，怎會屢次功敗垂成，莫非有其他因素。

王群岳也早已心生暗疑。

「Honey，很想妳。」

「少貧嘴了，昨天才見面。」

「在這裡像坐牢一樣，要不是妳經常缺錢調頭寸，我早就想跟他離婚了。」

「忍耐點，等我賺了錢不遲，他們最近待妳怎麼樣？」

「老樣子，這家人都好應付啦，他父親人還不錯，母親較強勢，經常會擺臭臉，但看得出來敢怒不敢言，至於王群岳，只是個自以為聰明的笨蛋，不過人倒挺善良的。在這裡挺悶的，有時候一天和他們三個人講不到兩句話，不知道這種日子還得要挨多久。」

「我會想辦法，不會讓妳委屈太久的，可妳千萬要記得，絕不能懷孕，一旦生了小孩，麻煩就大了，知道嗎？」

「知道啦，妳放心，排卵期我都吃藥讓它流掉，最近我都謊報日期，讓他連算都算不準。」

「小心點，他可是個醫生。」

「放心吧！他才沒有妳那麼多心眼。」

王群岳關掉錄音筆。

「我本來十分生氣，但事後想想，換個立場，我也可能和妳一樣，自以為是的聰明，但約定好就該信守承諾，下次我們去做試管嬰兒，一胎就好，生完後我會加倍依約履行，然後我們離婚，再要詐，大家等著瞧。」

王群岳語氣異常平和堅定，顯然已到忍耐的極限。

「我知道，每天戴著假面具是種煎熬，我們該做的都做了，沒必要讓彼此一輩子坐困愁城。」

何秋萍一臉驚訝，顯得無措，一句話也擠不出來。

隔年，何秋萍一舉生下一男一女的雙胞胎，王母樂得大肆祭祖，走遍鄰近大小廟宇酬神還願，還宴請親友滿月酒，場面遠勝於兒子再婚時。

坦白

有天晚上下班，王群岳一進家門，昏暗中，彷彿聽見樓上細微的窸窣聲，王群岳輕手躡足的爬上樓，在樓梯間看見父親背向著自己，拄杖站在祖先牌位前，低首啜泣，王群岳呆立半晌，心想：為了自己，這個家每個人都憋滿各自的心酸，就讓每個人用自己的方式發洩吧。

正欲轉身下樓時，突然聽到父親輕喚聲：群岳，你過來一下，我有話對你說。

王群岳走近父親，闃暗中，看見老父親紅著眼，深皺的魚尾紋一片濕。

「今天我去榮總找過你同學，蔡醫師把上星期的檢體切片報告完全告訴我了，很感謝他的坦白，那是屬於我知的權利，縱使是我兒子，你也沒有必要隱瞞我，你沒那麼偉大，不必要總是獨攬一身的苦。」

「已經是末期了，我決定不做化療，好留點體力，做點想做的事，見些想見的人，我很高興我們父子間還有半年的時間，你是個醫生，應比一般人更參透生死。」

王群岳忍住淚，想說幾句安慰的話。

老父親看穿了他的心思。

「孩子，我的眼淚，並不是因為癌末，今晚，我想，也該是時候了。」

「我想把一些話告訴你，這對我們父子來說都很重要。」

一陣沉默。

「我知道，一直以來，你就不滿你母親的強勢作風，也同情我的懦弱，這些年，我心裡一直很矛盾，為了一脈香火，折磨了兩代人，和你一樣，我一生都在掩藏一份隱性的情感和一段隱性的婚姻，人生何價？林先生人很好，好好珍惜屬於你們的人生。」

「如果，人的情感像糖尿一樣會遺傳，千萬記得，放過你的孩子吧。」

王群岳再也忍不住，緊緊擁住父親，縱聲大哭得像個小孩。

王父拍拍王群岳的背。

「孩子，你絕頂聰明，原可光明燦爛過一生，卻要在傳統和社會世俗壓力下過著欺瞞黑暗的生活，太聰明，變成了你生命中的負累，我看得見兩個被壓抑的靈魂，我真的看得見。」

「這些年委屈你了。戴著面具演一齣戲是藝術，演一輩子是悲哀，我已注定是個悲哀，你不應再步我後塵，一輩子活在謊言裡。時代不同了，那不是原罪，是鄙視的人有罪。」

「我的人生將走到盡頭，這一生，我有兩件最驕傲的事，生了你這樣孝順溫善的兒子，是我一生的驕傲。第二件就是此時此刻，我勇敢地對我兒子誠實我的人生，坦白是種解脫。」

王群岳淚不止，累積多年的委屈和壓力，終在這一瞬得到完全的釋放和解脫。

「孩子，不要再傷心了，人生，每一種擁有，終將失去；每一種追尋，最後也終將回到生命的最初。如果傷心後不能變得更堅強，那麼，再多的眼淚也只是多餘。」

王父掛淚陪泣，語氣平和。

父子倆相互為對方拭淚，淺笑中再給彼此一個溫情的深擁。

愁城

「前兩天，我已為孩子找了全天候的保母，後天就送過去，妳這兩天先把孩子要用的東西整理打包好，還有，我已約好律師，星期三下午我休診，我們先到事務所簽字，然後一起前往戶政事務所辦理離婚手續，當天我會給你一張一百萬元支票，謝謝妳這幾年來的配合。」

「怎麼這麼突然？」

「這是約好的，雖沒有訂定明確日期，但妳應該心裡有數，哪算突然。」

「我和孩子已經……，已經有感情了，能否考慮把女兒給我？」

「當初本來就約好，子女無條件歸我撫養和監護，希望妳信守承諾，妳可以隨時回來看孩子，以後也可以經常和孩子往來。」

「既然生了一男一女，男的歸你們王家，女兒歸我，不也合理公平嗎？」

「不管怎麼樣，孩子在一起成長比較好，不應拆兩邊，趁他們都還小，不懂得認生熟，長得越大就得考量越多，也就越麻煩了。」

看王群岳如此堅持，何秋萍知道爭執也無濟於事，但心中已有盤算。

「王醫師你好，我是羅小姐。」

「妳好，有什麼事嗎？」

「王醫師，我就不拐彎抹角了，小萍昨天跟我說，你約她星期三辦理離婚，還說兩個孩子你都要，是嗎？」

「是我們的事，不勞妳操心。」

「王醫師你別見外，是這樣啦，小萍沒工作，也沒積蓄，如何養得起孩子，我有分析給她聽，她應會答應兩個都歸你撫養才是。」

「謝謝妳。」

「你是該謝，但也並非完全無條件，王醫師，你也知道，一百萬又能夠讓小萍生活多久，所以希望你能高抬貴手。」

「怎樣才算高抬貴手？妳們前後拿了我近兩百萬都沒還，再給一百萬還不夠嗎？」

「當然不夠，以你的身份地位，至少得一千萬才比較稱頭吧！」

「那不干妳的事，姓羅的，妳不要欺人太甚！」

「隨你怎麼講，反正沒一千萬，一切都免談，……」

不待羅小姐講完，王群岳即掛了電話，羅小姐再打來好幾次，王群岳不予理會，最後，索性關機。

「今天羅小姐有給我一通電話，我們講電話時妳在她旁邊吧？那是妳們的共識，還是她的主意？」

「我是在她旁邊沒錯，但我只希望女兒能分給我，你一個男人帶兩個小孩很累，雖然可以請保母，但父母和子女間，很多關係是保母無法取代的。」

「我雖是男人，但帶孩子比妳強多了，妳的說法正確，但並不適用在妳身上，妳連自己都照顧不好了，還提什麼照顧小孩。」

「你是不是男人我不知道，反正我沒興趣。但，王群岳，你嘴巴放乾淨點，要是你堅持，那就拿出一千萬，別想只用一百萬打發我。」

「那是約好的，更何況妳和羅小姐還欠我兩百萬未還。」

「約好的又怎樣？套句你對你前妻說過的話：你傷不了一個一切都無所謂的

人。」

何秋萍話鋒一轉，不再客氣。

「她沒幾個月就值三百萬了，我配合你演一場戲，隱忍辛苦了這麼多年，還為你生了兩個小孩，就不值一千萬嗎？」

王群岳驚心詫異，臉色一沉：「妳們有聯絡？」

「我和誰聯絡是我的自由。」

星期三中午，王群岳催著何秋萍一起到事務所簽字離婚，但見何秋萍沒有爭執，神色自若，王群岳覺得奇怪，但也無暇多想。

一走出家門，赫見羅小姐雙手交叉環抱胸前，凜然而立，一見王群岳，隨即興師問罪式地放出冷箭：「看來王醫師你是準備好一千萬了，是嗎？」

「羅小姐，這是誰家，妳侵門踏戶來干涉我們家務事，請妳看清立場，也請尊重別人。」

王群岳面有怒色，但心裡卻十分清楚，這裡並非吵架的好地方。

羅小姐一副主宰的態勢：「王醫師，你很清楚，小萍是我的人，這是我們三個人的家務事，這裡當然是你家，要吵架，地點挺好的，現在你只有三條路可選。第一，讓我載走小萍，其他改天再說；第二，給一千萬，馬上離婚；第三，你執意己見，那我把音量放大，跟你來一場舌戰，順便讓左鄰右舍來評評理。」

「羅小姐，妳不要欺人太甚，妳們這種行徑跟敲詐集團沒兩樣。」

王群岳忍無可忍。

「隨你怎麼說都無所謂，敲詐搶劫又怎樣，你也可以報警。」

羅小姐向何秋萍使了一個示意離開的眼色。

「好了，我沒時間跟你耗，我和小萍出去走走。這樣好了，我們一個月內把這件事處理掉，我也不想讓小萍再委屈度日，屆時如果沒有令人滿意的結果，那我們只好和你前妻一起召開一場聯合記者會。王醫師，你是聰明人，我想，最好不會有那麼一天。」

羅小姐撂下狠話，偕何秋萍帶著勝利揚長離去，姿態仿如一隻高傲的孔雀。相較於何羅兩人，王群岳仿如鬥敗的公雞，垂喪地癱坐沙發，滿心追悔。

為何人心如此貪婪，人性如此醜陋？為何一生聰明，卻只能換來一生的問號？顯然，不到位的聰明比愚蠢更加愚蠢；只為了漂白一個世俗下的黑靈魂。

「群岳，下個月就是我七十歲生日了，趁著還有體力，今年我想提前慶生，我已和你母親商量好，這星期天中午在家一起吃飯，你把時間空下來。」

「在家杯杯盤盤的，太麻煩了，您就選一家喜歡的餐廳，我訂一桌。」

「不用了，你媽說要為我再展一次廚藝，說不定就是最後一次了，就依她吧！還有，客人由我來約！你只要記得回來就好。」

「喔！好，我會記得。」

父親向來簡樸，不習慣過生日，更不喜歡糾群結眾，怎會有約集賓客之舉？或許……或許是日子可數了吧！

病重的人總是特別依附和依戀，依附親人，依戀往昔。

一連兩天，王群岳枯索著，要送什麼禮物？一個只剩三四個月的人，在人生的最後一次，所期待的會是什麼？或許，每件事物都重要得令人好想再次擁有與珍惜，但一切已變得如此多餘，手心能握住的，竟是如此稀微，原來人生沉重得如此輕盈。

王群岳最後挑選了一張孩提時代的舊照放大裱框。父親高高的將他向空中拋起，讓孩子如巨人般的俯視，孩子在驚懼中飛出，在笑聲中落下，一次又一次，讓彼此在燦爛開懷中起落，這是人世間最廉美的親子關係。

一進門，看見林先生與羅小姐在坐，王群岳一陣錯愕，但也隨即假裝鎮定的寒暄，不知這一回，父親的葫蘆裡又賣著什麼。

席間，只有簡單而客套的祝壽和交談，直到點燭慶生時，父親開口了：

每個人慶生，都會有一個蛋糕和一支問號的蠟燭，蛋糕代表人生圓滿，蠟燭問年紀，對我而言，是問生死，也問人生。

兩個月前我醫檢出癌末，這是我人生的最後一個生日。我一生平庸凡俗，我希望在謝幕前，對你們有一個真心的告白。

群岳是個天資聰穎又孝順的孩子，卻因世俗而愚蠢，縱使出於良善，但良善不足以彌補曾經的過錯，因為他從沒想過，讓活在假相裡的人發現真相後的苦與痛；毀滅一個人的人生比殺一個人更罪惡。

是錯誤，就不該再繼續。

在我眼前，你們本是兩對佳偶，卻各自苦守煩憂，連快樂都找不到的人還能奢談幸福嗎？

實誠的人生，最是難能可貴。這是我人生謝幕前的感悟。

如果各退一步，就可以擁有幸福，你們又何必始終囚泳在苦海之中。

這是一張銀行付款的支票，原本是我的養老金，如今對我而言，也只不過是一張紙罷了。

希望這張紙能為你們四個人買到未來的幸福。

10. 麥寮西施

真的，我是多麼希望，我不曾有那樣的美麗。

我住在荷蘭西北鄉下的觀光勝地——羊角村。

羊角村，素有小威尼斯的雅稱，是個地勢低窪的湖泊沼澤區，早年僅是出產泥煤的窮鄉僻壤，如今卻貴為醫師、律師及有錢人的渡假勝地。

羊角村最大的特色是全村佈滿小運河，河渠縱橫交錯，兩岸盡是蘆葦屋頂築成的高檔別墅，一戶挨一戶，每戶人家都有一個小船塢和一艘對外交通的平底扁舟。我和荷蘭籍老公開了一家小餐館，我是老闆娘兼服務生，偶爾也兼華人旅遊團的嚮導。

我開了兩個小時的車子到阿姆斯特丹國際機場，搭了十六個小時的長榮飛機，飛過了大半個地球，降落在桃園機場，再乘坐四小時的巴士，終於，我抵達了我那不堪回首的故鄉，雲林麥寮。

這些年，我流浪慣了，二十四小時，只不過是一年三百六十五分之一的光景，並不算太長，但我卻感到無比的漫長，顯然，是五味雜陳的心境把時間給拉長了。

我回來了，回到這個早已不算是家的家，不是懷念家鄉和故舊，只是為了送別我那闊別十年的父親。

海風，一季又一季，一年又一年，依然帶股氣味，這氣味，吹過了一排排木麻黃，一池池魚塭，一條條溝坎，吹上廟頂蟠踞雕龍的鱗片和彩瓦，吹進了荒村的巷弄，鑽進我的衣袖，服貼在我的每一寸肌膚，沉落心底；我闔眼仔細的嗅聞與聆聽，和以前一樣，依然夾纏些許鹹濕，些許淒涼，依然是那專屬於海口人滄勁的味道。

雖不是春秋古典大美人，但大家都曾稱我為西施，只因為，我賣檳榔。

都已是逾十年的往事了，我依然清晰記得，就在這個加油站的斜對角；那位置，那霓虹，那頹廢傾斜的貨櫃，那搔首弄姿的影子，還有那彷彿永遠也燒不盡的殘陽，和所有一切在腦海中不停翻轉的記憶。

看見不遠處，還散落著幾家檳榔攤，有幾個和我當年一樣濃妝豔抹的辣妹，不停的對著來往的車輛招手，只是她們全身上下遮得更少更短了，胸口擁擠得好像隨時會爆出奶漿一樣。

她們，是哪戶人家的女孩？是我的鄰居嗎？是我的學妹嗎？是否也和我有一樣的故事？

被環境逼造出來的美，算不算也是一種美？我想，如果把越王勾踐和吳王夫差間糾結的歷史恩怨也算進來，西施被時代戰亂環境所逼造出來的美，算是人世間的絕美。

三十歲了，我知道，那是因為我的人生不夠燦爛，所以只能美在霓虹燈下，美在胭脂水粉裡；那是虛浮而短暫的美，一種看人臉色的美。

有朝一日，所有曾經的美，終將幻化成人生中至痛不堪的淒美，因為沒有智慧的美跟智障無異，根本稱不上是美；某些時候，如果一個人只為討好別人而美麗，那就注定只能當個次等人。

西施不會賣檳榔，賣檳榔的也不會變西施。檳榔西施，不會傾國傾城，只可能會傾家蕩產。

檳榔西施，只是在形容一個有頭無腦的愚美人，而且重點在愚不在美。我，就是那曾美在霓虹燈下的愚美人。若干年後，妳們終將明白，那只是一種愚蠢的美麗。

九〇年初，我念小學。

聽說台塑六輕要來我們家鄉設廠，村裡議論紛紛，有人舉雙手贊成，也有人堅持反對；企業代表、村長和民代幾乎天天和村民召開說明會，會中有噓聲有掌聲；有人拉紅布條歡迎，有人拉白布條抗議；整個村子四分五裂，謾罵、互嗆、叫囂聲不斷，桌椅三字經滿場飛，一個原本純樸平靜的臨海小村莊，像是充滿肅殺氣氛的紅衛兵，沒有一次開會有結果。

一開始，聽說是反對派占上風，每個人頭綁白巾，拉布條，撒冥紙，天天上演著令人驚心動魄的抗爭遊行，聲勢十分浩大。

父親和某些中央及地方民代同一掛，他們自詡為環保和寧靜家園最後的捍衛戰士，白天糾眾拉布條擋路及圍廠抗爭，晚上在民代服務處秘密會商，日日夜夜，不眠不休。

有一回，我聽父親和一位議員站上演講台，義正詞嚴的對著另一掛人嗆聲疾呼：人家宜蘭人、桃園人不要的，為甚麼偏偏咱雲林人要？是縣長要還是我們麥寮人要？是不是只因為我們比宜蘭人更窮更像乞丐？即使窮得像乞丐，也不必要自討摻有毒藥的一碗飯，為了這塊我們歷代祖祖輩輩安身立命的土地，更為了我們世世代代的子孫，活活餓死總比被慢慢毒死更有尊嚴，包括縣長在內，任何人都沒有權利出賣我們麥寮人。

嗆畢，掌聲如雷。

父親和那些民代凜然的「乞丐論」氣勢，令我由衷的崇拜和感佩。

幾個月後，攔車圍廠抗爭的人逐漸變少了，每次抗議，父親只能鳩集到幾隻和他一樣人微言輕的小貓；民代家外牆原本掛滿抗議的白布條也不見了；聽說有人挹注了議員大筆為數不詳的選舉經費；某民代也包到了某廠區的整地和抽沙大工程，原本勢不兩立及楚河漢界的爭戰，最後意外演變成一盤大和局，父親和很多村民一樣，成了大人物和局後閒置不掙動的棋子，無法進退，無人關心，也無人理會。

這樣的結局，是意外嗎？對父親和許多村民的確是意外，但對某些大人物而言，其實他們早就意在言行之外。

愚蠢的人永遠沒有責怪別人聰明的權利，尤其是面對那些遺有邪惡基因的聰明人；不理不屑，是你能比他們更聰明的唯一方法。

後來，父親只能和他一樣的三五好友們，三不五時的把酒問青天，經常聽他們群聚一起，從縣長到鄉長、立委到鄉代、中央到地方，口無遮攔的批判幹譙，幹譙到好像全世界都對不起他們，不論是否同鄉或同村，他們的嘴巴一個也沒放過。

但，除了譙爽之外，又如何？最後，連父親的聲音也沒有了。因為，聽母親說，父親從某代表的下游包商那裡，謀得了監工一職。

及長，我知道，父親對六輕產業內容根本沒多少概念，別人傳說有毒且會嚴重汙染，就跟著搖旗吶喊，但歸其源，我們家沒田產可增值，沒漁船沒魚塭，更沒能力也沒黑勢力去圈地圍海獲取補償，父親只能選擇抗爭，選擇當一個有骨氣的乞丐，和某些代表一起做個捍衛環境和家園的最後戰士。

然，當所有同一陣線的民代「乞丐」都變員外時，父親慢慢的領略到，大人物是棋士，他自己是棋子；抗爭時自己身上背的是骨氣，大人物心裡背的是算盤；每個人都在演戲，演一齣利益掛勾的戲碼，頭銜越大，戲份越重，酬勞也越高；父親和大部分村民一樣，只能當一個跳戲的臨時演員，最終，戰士變烈士；骨氣，也只是貼在嘴皮上的愚蠢。

沒幾年好光景，六輕的基礎建設紛紛完工，取而代之的是一幢幢的廠辦大樓，一根根參天入雲的大煙囪，和那日夜吞吐不盡的火舌；拿筆的進場，荷鋤的就退場，包商逐漸減工和撤場；最後，父親還是成了無業遊民。

六輕來了，確實也帶來些許的繁榮。路寬了，車多了，街上的人潮、餐廳和商店也變多了；然而，改變最大的奇景是，汽車旅館、按摩理容院、KTV酒店和檳榔攤，一家家沿著台十七線兩旁聚集林立，像瘟疫般快速擴散，一入夜，沿路霓虹繽紛閃爍，男男女女，鶯鶯燕燕，像是條繁華不夜的人肉長廊。

父親腦筋動得快，跟朋友合夥一家KTV酒店，也自己開了家檳榔攤。檳榔攤前段是個透明玻璃櫥窗，櫥窗周圍裝滿五顏六色的霓虹燈管，和閃閃明滅的跑馬小燈泡，櫥窗後面連結一個貨櫃屋，雇用了一個叫瑤瑤的高職畢業生，和母親早晚輪兩班。

瑤瑤身材高䠷，皮膚細嫩白皙，頭髮染成暗紫帶藍，茄紅色的假睫毛，穿著鑲有水鑽和晶閃亮片的胸衣和短裙，外披薄如蠶翼的短紗，露出穿掛臍環的肚臍，一雙修長的美腿踩著紅色高跟鞋，在繽紛霓虹和五彩燈管的調襯下，只需略施薄粉，就美得像放大版的芭比娃娃。

開賣沒幾天，父親發現，母親白天的營收不到瑤瑤晚班的三分之一，他們都清楚差異之所在，母親自知沒條件，只能自動請調到貨櫃後方的房間內負責包檳榔，父親再徵了一個叫Amy的甜辣妹。

雇用了兩大西施，檳榔攤的生意始終維持在高檔，我每天下課都騎腳踏車到檳榔攤幫忙包檳榔，不忙時就讀書寫功課，準備即將到來的高中聯考；父親每天傍晚到KTV上班，十點後到檳榔攤幫忙收攤，順便結帳看業績，再回到他酒池肉林的世界裡，直到凌晨。

我和瑤瑤相當有默契，說話也很投機，彷如一見面就聞到彼此的臭味相投，我們情同姊妹般。

有一天晚上，瑤瑤告訴我，她就住隔壁村，是麥中大我幾屆的學姊，因為不喜歡念書，高職差點沒能混畢業，今年已換了三個工作，當女工沒耐性，當會計沒本事，老闆嫌她連簡單的內帳都做不好；她很後悔沒多念書，現在只能靠張臉，抹點胭脂水粉討口飯吃，哪天胖了老了，就甚麼都不是了，她再三叮嚀告誡我，要我有空就多念書，沒事少到檳榔攤來。

Amy口齒清晰流利，面貌姣好，敢穿又敢露，是屬於放浪形骸的那一型。只是她交往太複雜，每天傍晚交班前，檳榔攤前就聚集一些前來邀遊的年輕黑衣飆仔，就是那種自以為塞口檳榔叼根煙，再隨口噴幾句髒話就長大的青少年。

他們總是猛催油門，焦躁的繞圈炫技，叫囂催促著Amy，白色的煙霧從改短的排煙管噗噗噴洩，霧散成一團團嗆鼻的臭氣，飆仔像極了一群飛繞沾屎的無頭蒼蠅，客人見狀，每每不敢上門，母親總要Amy和他們快快離開，以免影響生意。

其實我的功課還不差，國中畢業，我順利直升麥寮高中。地理和英文是我最感興趣成績也較好的兩科，因為我從小就有個憧憬和願望，希望有朝一日能儘早遠離這片土地，成為一個遊遍世界各地的背包客，像三毛一樣，終生浪漫在天涯海角。

有一天，Amy沒上班，沒請假也沒來電，手機也不通，父親覺得很奇怪，但也司空見慣，檳榔西施個個年輕貌美又愛玩，流動性高，跟人家跑或跳槽的案例也是時有所聞。

突然，有兩位員警到攤位找父親，表示Amy昨晚深夜與男友夜遊，連車帶人摔入麥寮往台西方向的新虎尾溪橋下，雙雙身亡，屍體卡在下游兩公里外康熙橋下的水草叢中。

當時Amy才二十一歲，正值花樣年華，怎會這樣？後來聽說那群飆仔都是附近各村的嗑藥幫。

Amy走了，父親一時徵不到人，想把瑤瑤調早班，並要我晚上頂替Amy的空缺，我百般不願，但在威凜父權下，我豈敢當面拒絕，只聽到父母親當下吵了一整晚。

「真的還假的？咱阿惠還這麼小，你是她老爸呢，不要這麼夭壽。」

「都十八歲了，還多小，隔壁攤的小辣椒才十七歲，人家不是賣得嚇嚇叫。」

「咱阿惠才高二而已。」

「生意越來越難做，再徵人也划不來，要不然怎麼辦。」

「阿惠功課還不錯，這個年代，多讀點書會比較有出息，你還是另想辦法吧。」

「功課好又怎樣，考得上大學我們也沒能力讓她讀。」

「檳榔攤我來就好了。」

「妳來？幹！如果要妳來，那我乾脆收掉算了。」

「那你就收掉好了，生意好壞不都一樣嗎？最後還不是都給你賭光或喝光。」

「幹！妳有夠雜念。」

父親狠瞪母親一眼。

「反正……反正她還是學生，就該在學校念書，我不管，這件事沒得商量。」

「女孩子讀那麼多有甚麼用，最後還不是嫁人。幹！偏偏妳又幫我生了個賠錢貨，連個一男半丁都沒有。」

「女的又怎樣，你媽媽還不是靠你姐姐在養，你還敢說。」

「妳給我閉嘴，我說東妳跟我扯西，皮在癢是不是？幹！」

父親惱羞成怒了，母親沒再回話。

「好了啦，我知道妳的意思，我們也是不得已的，明天一早我會問問阿惠，看看她意思怎樣，就由她自己決定好了。」

父親向來就是那種無可救藥的沙豬，印象中，母親不太與父親爭執，因為爭執只會惹來更劇烈的暴力，這是我第一次聽到母親如此的與父親針鋒相對；當然，我也明白，父親最後一句商量式的軟話，是說給隔房的我聽，他了解女兒向來吃軟不吃硬。

下課後，我騎腳踏車到檳榔攤，換了便服，披件外套，戴上假髮，深怕被熟人認出，心情忐忑。

平日看來簡單的叫賣，一上台，才知每個環節都是「眉角」。一連兩天了，都沒生意上門，客人不是在前一攤停下，就是到下一攤向小辣椒買，有客人甚至車子放慢後一看見我又突然加速離去，在我都還來不及開口之前。

又一次，好不容易有個小貨車司機停下，對我比手畫腳，我愣頭愣腦的，不明其意，他給了我一個大大的白眼，隨即開往小辣椒的檳榔攤，我好奇的想看個究竟，只見司機依然比手畫腳，小辣椒回了一個簡單的手勢和微笑，客人立刻把車停靠到一邊，小辣椒隨即關燈，拉下遮簾，引領客人繞到後方，從側門進入貨櫃屋房間；半小時後，客人走出來，邊走邊繫褲腰帶，一副滿足後殘存的倦笑，接過小辣椒的檳榔，驅車離去。

第三天，父親丟給我一套西施服，示意要瑤瑤幫我換上。瑤瑤為我撲粉，畫上細長的眉毛和厚厚的眼影，裝上長長的假睫毛，然後套上彩繪的假指甲，塗上艷紫的口紅，再為我戴上那挑染過的假髮，最後，我換上鑲滿晶鑽亮片的薄衣短裙。

一靠近貨櫃屋內的梳妝鏡，哇！我笑翻了，笑到快抽筋，整個人都變了；稍定神後，我轉了一圈又一圈，連我也完全認不出我自己，像變裝舞會上的一個陌生人，一下子長大了好幾歲，也像是選美佳麗封后時額頂戴上了桂冠般，整個型完全都跳襯出來了，只不過，還是覺得多了一份風塵味。

從今天起，白天我叫林嘉惠，晚上六點以後，我叫「小甜甜」。

有天剛與瑤瑤交完班，有位騎機車的阿伯，一停下來就問，小姐，一百塊檳榔，妳是新來的嗎？叫甚麼名字？Amy不在嗎？我叫小甜甜啦，Amy嫁人不做了。阿伯兩眼狠盯著我的胸部瞧，好像小孩子在尋寶，瞳眸蛇閃晶亮得好像快要跳出來，接過檳榔時，還故意張大巴掌順手滑過我的手背。

死阿伯！我知道你不認得我，但我可認得你，我去過你家，我是你小兒子的同學林嘉惠啦！死阿伯！我心裡嘀咕著。

隨著我的加入，檳榔攤的生意又漸趨穩定了。只是，父親每每以喝醉為藉口，經常夜不歸營，逕睡在ＫＴＶ宿舍，最後終於睡出了大問題。

父親與店內一個酒女同居，生了一個男嬰，我和母親是村裡最後知情的兩個人，父親非但沒歉悔之意，還以為我們林家添丁傳後而沾沾自喜，要求母親讓孩子入我們家戶口，母親抵死不肯，父親總是在醉酒後與母親大吵大鬧；而為達目的，父親索性竭盡所能的對母親施以各種惡言惡行。

這世界就是這樣，做錯事的人，往往再以更惡劣的暴行來宣示自己的強大，逼人就範。

有天晚上回家，發現母親仰躺在浴廁間的血泊中，左手腕一道深可見骨的傷口，右手旁是一把鬆脫的水果刀，地上一灘半凝結的赭紅血海，順流懸結在水槽邊沿，牆上的白磁磚噴濺成一片血紅，壁上掛著一個血紅的「恨」字，我嚇呆了，隨即奔出號啕的哭喊救命。

後來，母親的命救活了，魂卻始終沒有回來過；我打電話給阿姨，讓媽媽搬回大溪娘家住。

一夜間，我長大了。然，心裡的某部分，卻慢慢的萎縮、萎縮……，而後，漸漸的死去。

那女人經常到檳榔攤來，長得還不錯，但是種令人嫌惡的美麗；大我沒幾歲，手腕輕巧老練，態勢儼然一副老闆娘的模樣。

後來她辭掉瑤瑤，自己頂白班，我在石灰配料裡動手腳，讓她白天賣不好，而晚上我賣高出她的，大約是營業額的三分之一，我全偷了；前後半年多，我總共偷了十幾萬，部分是我該得的薪水，部分是母親應分得的，但最大的理由是我的狂想，報復他們。

大學指考放榜了，不用猜，我當然考得很爛，但拜「偉大」教改之賜，我考上台北一所三流技術學院的觀光系，過完這個暑假，我將卸下我那虛假的美麗，負笈他鄉，到陌生的台北城，重啟我人生的另一階段。

北上當天，我選擇搭乘清晨六點的第一班車；四點多，瑤瑤載我到檳榔攤，為那曾經讓我們一起亮麗又不堪的舞台，來個臨別前最後的巡禮。

一瓶汽油，一根火柴，一陣濃煙，兩個西施的幻影，從此，煙消雲散，在那一片攀爬竄燒的火海中。

懷著一個未知的夢，我逃離；在高速公路上，我頭也不回。

真的，我是多麼希望，我不曾擁有那樣的美麗。

11. 子宮出租

林靜雲低著頭走出醫院，天色漸暗，一片灰澀闃寂。

路經街角一家嬰兒用品店，林靜雲強抑渴望，快步走過，直接進了先生的奢豪名車，腦中卻一直浮現著店內那套超可愛的粉紅色嬰兒服。

「老婆，醫生怎麼說？」楊永誠瞥見老婆臉色凝重，開口打破低壓的沉默。

「不論結果如何，我都欣然接受。」楊永誠立刻補充說著。

「你能欣然接受，不代表媽也能欣然接受。」

「這是我們之間的事，不要老扯到媽。」

「最好只是我們之間的事。」

「妳知道的，多年來，媽從來沒說一句話。」

「沒聲音並不代表沒意見，哪個婆婆抱不到孫子最後不是怪媳婦？」

「是妳自己多心了。」

「從媽的沉默和眼神，我讀得出來，不是我多心。」

「我老婆什麼時候變成心理專家了？胡亂瞎猜。」

「不要忘了，你是獨子，這是問題的根源。」

「好了啦！老婆，如果媽真問起的話，就說問題在我就是了。」

「很不巧，正好相反，剛醫生說問題在我不在你，我真的很難過。」

「喔！沒關係啦，大不了我們去領養一個，別再難過了。」

「我是沒意見，但你是獨子，不是親生的，恐怕媽會有意見。」

「媽向來開明，妳別想太多，過幾天我會和媽商量這事，就交給我吧。」

林靜雲一路上冷著臉，沒再多說，楊永誠順勢勾起老婆的左手，捏捏手心，表示安慰之意，然，卻藏不住心中那份失落與焦慮。

兩個人，一路的沉默，一股令人幾乎窒息的沉默，忠孝東路上，滿街炫目繽紛的霓虹掠窗而過，一幕幕，宛如無聲的默劇。

車子右轉敦化南路，在街燈映落的林蔭中，消失在一棟豪宅的停車場入口。

一早醒來，林靜雲看見餐桌上老公所留的一份合約和一張便條紙。

老婆大人：

請耐心看完合約書，也請不要生氣，簽不簽名由妳決定，如不同意，請逕將合約撕毀，就當此事未曾發生過。

林靜雲是個職業婦女，從不過問老公律師事務所事務，邊狐疑邊看著合約書，看了幾行後，整個腦子已脹得無法繼續，手中吃到一半的土司片抖落在餐桌上，嘴角輕顫，眼泛淚光：楊永誠，你怎可如此對我！

楊永誠回家後遍尋不著合約書，也沒開口問太太，假裝一切都沒發生過，偌大的房子安靜得一如往常，兩個人心中卻各自暗嗅著不安的氣味，和一股偽裝的和諧。

林靜雲是個聰明俐落的女強人，過沒幾天，很快就整完思緒，心裡盤算著：不簽，無論如何，也永遠過不了婆婆這一關，老公更為難，以後大家就得不時過著冷戰或吵吵鬧鬧的日子，一切總比日後老公外遇偷生來得好。

王子宣是剛成年的T大高材生，來自鄉下單親家庭，母親是餐廳洗碗工，家境貧寒，為幫母親讓兩個弟妹可以順利完成學業，王子宣決定瞞著母親休學一年。

簽完合約時，楊永誠依約給付王子宣十萬元。王子宣從未捧過這麼多的現金，十萬元已足夠兩個弟妹一年的生活費，一想到此，王子宣欣然無悔。

歷經多次人工注射受精之痛苦及風險，終於成功受孕，懷孕之初，亦是幾經安胎才保住胎兒，接著是不間斷的噁心、孕吐、頭暈及厭食，最後演變成輕度憂鬱症。

幾個月後，王子宣的肚子變得大又圓，經常感覺到胎兒不時的踢動拉扯，是那麼的不安，偶爾又好像發出若有似無的聲音，一種微渺到只有孕母才聽得到、聽得懂的聲音，是種連結母子間清遠的美聲。

坐月子時，林靜雲夫婦每隔兩天即攜帶各種補品探視王子宣，順道看看兒子。

經歷懷胎之苦及分娩之痛，王子宣並無初為人母的喜悅；然，當孩子吸吮第一口母奶時，王子宣的淚滾落了，之後，她幾乎每天都在半夜醒來後掩被嚎啕大哭。

如此可愛的嬰兒，任誰都愛不釋手。

為迎接下星期回家的寶寶，楊永誠夫妻在嬰兒用品店內大肆採購，依手上的清單精挑細選，不時交頭接耳交換著意見，顯得心花怒放，享受初為人父人母的喜悅。

突然，楊永誠的手機響起，是王子宣的來電。

「喂！王小姐妳好，這兩天還好嗎？我們正在為寶寶採買嬰兒用品。」

「楊先生，……，對不起！……」楊永誠隱約聽到電話另一頭的輕泣聲。

「王小姐，怎麼了？有甚麼話慢慢說。」

「楊先生，對不起！我已經離開坐月子中心了，我決定要留下小孩。」

「怎麼……怎麼會這樣？是不是錢不夠？還是……，有什麼事我們可以好好商量。」楊永誠頓時亂了方寸。

「這跟錢沒什麼關係，我很愛這個孩子，決定把孩子留在自己身邊，親手把他扶養長大，我會把錢匯還給你們，實在抱歉。」

「王小姐，妳在哪裡？我們馬上過去找妳，我們見面再慢慢談好嗎？」

「很抱歉，我人已不在台北，我想以後我們也不要再連絡了。」

「王小姐，這是大家白紙黑字約好的，約定好妳就應遵守承諾，誠信履約，妳怎麼可以片面背信毀約呢？」

楊永誠對王子宣的堅持顯得有點不耐煩。

「楊先生，對不起！是我背信毀約，是我不對，我不懂法律，但孩子是我懷胎十月所生下來的，孩子出生前，我從無法體會為人母是什麼樣的感覺，我是孩子的母親，希望你能體諒一個母親的心情。」

「我能體諒妳的心情，但我的心情誰體諒呢？妳還年輕，只要妳願意，以後要生三五個都不是問題，我們夫妻則是多年求一子而不可得，王小姐，算……算我求妳好不好。」

「楊先生，對不起！你們再去找別人吧，真的對不起！」

「王小姐，請等一下，……喂！王小姐……喂！……」

楊永誠再撥了幾次，王子宣早已關機。

往後一連十幾天，楊永誠天天傳簡訊及留言，唯不見王子宣回電，逾月後，仍音訊全無，楊永誠不得已，只好上法院，尋求法律途徑解決。

租賃契約內容大要

一、租賃標的：女方子宮。

二、租賃期間：自人工注射受精並懷胎時起至分娩完成時止。

三、租金給付：簽約時給付十萬元，同赴醫院人工注射受精後給付二十萬元，懷胎第五個月給付二十萬元，孩子出生滿月交付時給付五十萬元。

四、其他約定：

1. 由男方提供精子，女方提供卵子及子宮，以人工注射受精懷孕生子。

2. 懷孕後女方應住在男方所安排之處所，不得從事任何工作。

3.孩子出生後歸男方。女方應於孩子出生滿月時將小孩交付男方。
4.男方應自女方懷孕時起，每個月給付女方兩萬元營養費，產檢及坐月子等所有開銷費用全部由男方負擔。
5.女方同意放棄親權，永遠不得與孩子往來。
6.雙方應保守秘密，不得就本事件對外張揚。

法官：本案幾經調解未果，只好由法院依法裁判。
原告由楊大律師親自到庭，被告則委由李大律師代理訴訟。原告聲明請求確認其為孩子生父之身份，孩子應歸其監護，並依契約請求交付孩子。
法院判決主文只有幾行，對孩子的影響卻是一生。本案在司法史上可說是百年難得一見，對法律及道德是極其尖銳的挑戰和挑釁，法院接受法律上的挑戰，但拒絕挑釁。我們已詳閱全案卷資，對於雙方的處境深表同情，但同情解決不了事實上的困境和法律上的瓶頸。
本庭已依雙方大律師歷次書狀內容所載，整理出下列爭點，接下來，希望兩位大律師能各自充分提出對自己有利的主張和見解。

1.本案之契約性質為何？租賃或其他？如為租賃，則租賃標的內容為何？

2.人體的某部分能否成為租賃標的？本案契約之效力如何？有效？無效？或部分有效？理由為何？

3.兩造簽約時之地位是否平等？契約效力是否因此而受影響？

4.禁止被告行使親權之約定是否有效？原告得否依契約請求交付孩子？監護權應歸屬於原告或被告？

楊律師：我們經常可以在媒體上看到，有人將其身體之全部或一部分出租給企業主作商業廣告或其他用途，例如實例上有人將手臂、背部、胸部或頭頂，出租企業畫成麥當勞形狀或其他商標，也有人將身體出租供給科學家做實驗，同理可推，婦女的子宮當然也可以出租予人，成為租賃契約的標的，因而本案契約當然有效。

李律師：本案兩造所簽之契約為代理孕母契約，有悖於公序良俗，此乃眾所周知，法律性質上屬於當然無效之無名契約。

楊律師：本案王小姐將其子宮器官及空間出租給原告，並提供懷胎十個月及分娩之勞務，被告所稱代理孕母契約即為兼具租賃契約及勞務契約之混合契約。縱退而求之，本案至少可認其為承攬或委任契約。

李律師：原告所稱，顯為玩法遮法之強狡飾詞，不論其所辯為何，本案之契約，無解其違反社會公序良俗及道德之事實，當然無效。

楊律師：契約自由原則乃私法之最高指導原則，具有不可侵的神聖性。

李律師：契約自由原則雖為民法之最高指導原則，但不得違反公序良俗或禁止規定，否則當然無效。況且，契約自由之最高指導原則，並沒有指導人可以這樣生孩子。

楊律師：合約是出自於雙方完全任意且自願性之協議結果，難謂為違反公序良俗，當然有效。

契約自由原則雖沒有指導人可以如何生孩子，但孩子出生已是既存的事實，孩子並不會因契約無效而不存在。

李律師：原告所謂的出自於雙方完全自願性之協議結果，說穿了，也只是原告單方經濟強勢下的一廂情願而已。

孩子雖不會因契約無效而不存在，但它存在著法律規範及道德上的意義。

楊律師：社會公序良俗因時空的變遷而改變，今日之社會早已由封閉保守轉為開放自由，就本案而言，兩造各取所需，滿足彼此，且對他人或社會並無任何傷害或其他負面影響，其應被正面的看待才公允。

李律師：社會公序良俗雖可能因時空的變遷而改變，但人類的某些基本道德價值是亙古不變的，原告顯然因個人利害及處境，造成其道德線的游移及逾越。

楊律師：王小姐為T大高材生，雖無豐富的社會閱歷，但也稱得上是個思慮成熟縝密的成年人，就如前所述，合約是雙方完全自願性之協議結果，彼此沒有欺詐、脅迫或其他不正當手段，也並無雜有任何外力的介入，整個協商簽約過程中，雙方均立於平等地位，並沒有任一方擁有優勢或劣勢可言。

李律師：被告王子宣未婚，只是個剛成年不久的大學生，相較於原告，其知識經驗顯然單純而淺薄，也從未有為人母之經驗，被告在胎兒出生前即已簽約，做出對原告履約的承諾，亦即王小姐是在親身體驗母子親情前即已簽下了契約，並非全然自願性之決定；我想，很顯然，貧窮才是讓王小姐做出代孕決定並簽約之關鍵，兩造簽約時之主客觀條件及地位，顯不平等。

楊律師：依被告之見，代孕者是否曾懷孕生子及經濟強弱，為簽約地位是否平等的考量因素，進而影響契約之效力，則是否原告如果找一個已生過小孩的母親或富家女子代孕，雙方所簽之契約即為有效？且依此而推，則所有企業主與員工間之契約，亦將因經濟條件之強弱而無效，焉有此理？

李律師：原告的說法，是將其個人渴望無限的膨脹，擴大成社會一般人之需求，進而合理化其行為對社會道德之背叛。原告因其個人的渴望而蒙蔽良知，甚而侵蝕了其基本道德觀。

富貴常讓人健忘，忘卻了在一個文明的社會，有些東西不能用金錢買賣，有些基本價值不應被物化。某些時候，某些物質的價值被量化或金錢化，是腐敗社會的危險因子。

楊律師：不論如何，原告是孩子基因親傳的父親，這是不容否認的事實。

李律師：除了子宮外，被告同時提供了卵子，也是孩子基因親傳的母親，這也是不容否認及扭曲的事實。

況且，親權緣自於父母子女親情間不滅的天性，不容任何人以任何方式約定放棄，約定放棄就等同於不當的剝奪，被告是孩子的母親，依法自當得以行使親權，與孩子一起生活，正常的互動及往來，陪孩子一起長大，拒絕原告交付孩子之請求。

李律師：另者，我們認為，契約約定被告應於自己的孩子出生滿月時交付予原告，原告先後給付被告一百萬元，契約兩造當事人不無販嬰之嫌。

楊律師：代孕並不等同於販嬰，被告之控訴與事實不符，原告是向被告租買一個服務，標的在服務而非嬰兒，一百萬元的對價是包含租賃及勞務之服務而不是嬰兒，更何況原告為嬰兒的生父，生父自己買自己孩子是販嬰？這在邏輯上根本講不通。

李律師：原告雖為嬰兒的生父，但就被告的角度而言，原告是買別人的孩子，是販嬰，是法律所禁止的犯罪行為，縱使沒有法律上的罪，也有道德上的罪。

楊律師：這裡是法院而不是教堂，法律人最大的毛病就是常常錯當自己是上帝。

楊律師：我也必須再重申，本案系爭契約是兩個成年人雙方在你情我願所簽定，是個平等互惠的有效契約。

李律師：我想任何人都同意，無論如何，女人的生育能力不應該被拿來當成出租的工具，縱使你情我願也不應該。被告的自願是在窮困下的假自願，是種被迫且缺乏尊重的自願。

李律師：本案契約外觀上看起來平等互惠，實質上顯然是原告挾著經濟上之優勢，把嬰兒當成商品，把神聖的懷孕生育商業化，其觀念及行為等同剝削女性，物化女性，汙衊女性人格，為社會不容。

楊律師：有錢不是罪，努力奮鬥而富有的人應該被讚揚，而不是被妖魔化。代孕生子解決了兩個悲困家庭的不幸，有其某種不可抹滅的社會功能，絕不等同於剝削及物化女性。

李律師：有錢當然不是罪，但，有錢喪德則是滔天大罪。當婦女的妊娠被當成商品，對婦女當然是辱格，商業代孕就是把嬰兒當成商品的販嬰行為，至少是販賣了母親對孩子原有的權利，因此，當嬰兒成為有錢人的商品時，有錢就是罪。

楊律師：在我們的社會，男人可以大大方方的收費捐精，實際上就是賣精，女人為何就不可以出售其生殖能力？男人賣精天經地義，女人賣卵卻是天誅地滅，豈有此理！

換個角度看，如果沒賦予女人和男人一樣，擁有出售生殖能力之權利，才是違反兩性平等，才是對女性一種嚴重的歧視。

李律師：如果本案契約可以被認為有效，就等於承認有錢人可以把窮家女的身體當成生產工廠，把婦女變成代工廠的女工，把嬰兒當成是工廠出產的加工商品，如同罐頭工廠出產的罐頭，付了錢就可以隨意買賣。

再者，也等於允許企業主可將願意代孕婦女集中管理及生產，打廣告接訂單，如同集中圈養的禽畜。

如此一來，有錢人付錢就可以買嬰，讓母親拋棄母愛，骨肉分離，把婦女神聖的懷胎分娩，變成了只是母子間一種疏離的勞動和加工廠粗俗的加工，對女性當然是莫大的傷害及辱格。（註）

法官：謝謝兩位大律師為本案就法律及道德層面作如此精采的辯論。

法院的判決只是一時的，而其影響卻是相當長遠的。最後判決結果雖有勝敗輸贏，但本案法院在乎的只有孩子的輸贏，也就是孩子最大利益的考量。

兩造不論誰輸誰贏，就是只有孩子不能輸，這是法官的義務。如果孩子輸了，任何人都不會是贏家；孩子贏了，輸家也會變贏家。

為了孩子，敗訴的一方，不論將有多少的眼淚和傷痛，都應有割捨的大愛；勝訴的一方也應體悟，你贏得的是一份對孩子的責任和義務。

大愛總無情。法官和兩造一樣，都希望最終能為孩子贏得他的未來和人生。

註：本篇兩位律師交辯之內容，部分參編自：麥可・桑德爾所著《正義》一書（Michael J. Sandel/JUSTICE）。

12. 生前告別式

嚴冬，天候凜冽。

看完梵谷畫展，走出史博館，閒漫在紅磚道上，心緒，還沈浸在梵谷的迷流裡，一股藝術殿堂中最燦爛也最哀愁的迷流。

向晚的冬陽，有股奄奄一息的殘弱，很快的，被掩捲而來的黑吞噬。

停駐在南海路的天橋上，孑然俯身，靜覽紅塵，這城市的光，彷如春花般，一朵朵不規則的到處綻亮，車流在腳下如狂濤般向前奔馳，奔向未知的迷流。

在華西街台南擔仔麵有個飯局，聽說是場豪宴，時間還早，只好用散步來填滿，等待一場凡俗的奢華。

來到萬華捷運站出口，遠遠就聽到鼎沸人聲，整個捷運出口，人潮如織如扇，向外屏展成一個無花無草卻絢麗的小公園，不遠處有那卡西現場伴奏的舞台和舞池，男男女女，一個個引吭高歌，一對對聞樂起舞，台下觥籌交錯，賓客把盞言歡，共飲著傷春悲秋的人生。

駐足一旁聆聽，儘管有人唱得哀淒動容，有人五音不全，無不掏盡心肺賣力演出，最後也都是一樣的喝采。在這裡，掌聲不是用來評比歌藝，只是尋求一份彼此認同的連結。

自古以來，那卡西，所傳唱的不就是一份流浪離散的情感。

轉個小彎，赫見零散的一群人，瑟縮在較為昏暗的一角，自成一景，他們衣衫襤褸，蓬首垢面，寡言少語，他們用厚紙板或報紙宣示地盤，也爭奪地盤，眼神渴望溫情卻又顯防衛。

大多時間，他們都逕自打理著塑膠袋行囊裡一堆雜亂而不值錢的家當，彷彿周身的繁華和喧鬧，一切只是無關的存在，他們偶爾將眼神飄向來往人群，試圖尋找一個交錯的空間，但，冷漠是一面透明的牆，讓他們只能與世人在同一個舞台上演著不同的戲碼。

在這裡，每晚，我們都只是過客，而他們卻是最終的歸人，沒人知道他們的過去，也沒人關心他們的未來，更沒人在乎他們的名字，世人給他們一個統稱——遊民。

這城市，每個人都想成功成名，然而，很多人卻在不同的路上自我沈淪。路人，絡繹穿梭而過，都以眼角冷冷一瞥，猶如掃瞄著櫥窗中不入眼的展示品，和那屬於櫥窗內的淒涼，每個人嘴裡說著同情，眼裡卻露著不屑，他們不理會也不在意，櫥窗外的世人何嘗不是他們眼中的另一種展示品，又何嘗不是他們眼中的另一種淒涼。

不意間，看見有個手拎名牌包的婦人，牽著一個約莫五、六歲的小女孩，經過「櫥窗特區」，小女孩將手中餘溫的包子遞給一個遊民，抿嘴笑著叫叔叔，當遊民伸手之際，婦人側頭見狀，急拉小女孩示意快走，小女孩的包子滑落，緊接而過的路人踩個正著，包子一半平躺在路人腳下，一半碎散在人群中，遊民笑望小女孩，猶見婦人蹙眉碎嘴的側臉。

突然，看見遊民掙動了起來，紛紛走向路邊，秩序井然，列隊在一輛小貨車和一輛計程車旁，領著一天中唯一的一餐。

小貨車老闆是略為矮胖的中年人，俐落而親切地分送著肉羹麵，兩大桶的肉羹，在寒冬中熱氣蒸騰，香味四溢，老闆偶爾還和遊民交聊兩句，顯然是常客；另一頭是個有點面熟的計程車司機，那不是小吳嗎？趕緊招手寒暄一下，幫忙分送便當給遊民。

「常來送便當嗎？」我好奇著。

「偶爾而已，我哪有那種經濟能力，你怎麼在這裡？」

「剛看完畫展，待會兒和朋友約在擔仔麵吃飯，時間還早，順道走過來，都已是三十年的老台北了，從沒來過這裡，熱鬧而特別的兩個世界，這城市，我玩過很多，卻體驗得很少。」

「我在艋舺出生長大，這裡曾擁有屬於它年代的風華，如今繁華落盡，還暗存著一個被遺忘的角落。」

很快的，幾十個便當發完了，還有幾個遊民沒領到，小吳點頭直說對不起，我伸手進口袋，急著想表現善心，小吳示意制止：不要，他們拿到錢都是去買酒，不會買便當，喝醉酒還會打架鬧事，千萬不要給錢，我先走了，再連絡。

目送小吳開著略顯老舊的計程車離去，心想：是誰，讓這裡需要分送便當？又誰，才是最該在這裡分送便當的人？小吳，也只是這城市裡底層的邊緣人，令人動容的捨得，然，過了今天，明天又如何？未來又如何？

這個城市到底怎麼了？

到對街的包子店買了些包子，分送給沒領到便當的遊民，錯失小女孩包子的遊民依然靜坐原位，俯首垂眼，兩手肘抵腿抓著髒而亂的散髮，動也不動，猶如沈思的黑雕像。

他在想什麼？屍散的包子？小女孩的稚笑？或是婦人碎嘴的臉譜？還是在修補那

份剛被撕裂的自尊？

不多想，把包子推送到他面前：「這位大哥，你好，吃個熱包子。」

「……」遊民緩緩地抬頭望了我一眼，面無表情，又緩緩地低下頭，彷彿時間在他身上走得特別慢。

「拿去吧！趁熱，冷了就不好吃。」

很久不見回應，被拒絕的友善讓話凝在舌尖，有點不知所措，忽然聽見他開口：「我吃過了，謝謝！」

「吃過了？剛才那包子不是……」

「是的，無論是小女孩的愛心包還是她母親的敵意包，我都吃到了，吃到哪一個都會飽。」

突來尼采式的回話讓人語塞。

「……別想那麼多，凡事就往好的一面看，你就保存那小女孩的微笑就好了，拿去吧，趁熱。」

「謝謝，溫情和白眼，我們早就習慣了。以前我也是這麼想，現在想法不一樣了，人性，睡過車站或公園的人會領略得更徹底。」

接過包子，遊民把眼神盯落在很遠的地方，表情裝得自若，卻難掩起伏的心思。

「先生，請問您貴姓大名？」

他側望了我一眼，是種有距離的眼神。

「劉，劉世方。」淡而冷的簡潔。

「今年幾歲？」

「您今年幾歲？哪裡人？」不見回應，只好裝得輕鬆自若的再問一次。

「唉！老了，老到忘了歲月該怎麼算。二十年前我到哪裡都是人，這二十年來到哪裡都不是人。」哲學得不太領情。

「您來這裡多久了？」

「捷運還沒開通就來了，也不知幾年了，我們是城市裡的遊牧民族，隨人潮而居，又不屬於人群，時間對我們來說不是很重要。」

「平常警察會不會趕人？」

「天天趕，但只要沒人鬧事，他們只是做做樣子而已。遊民不是用趕的就會消失，不存在這裡，也會存在別的地方，警察一走，四散的遊民馬上就回復了，大家把我們從遊民改稱為街友，卻沒有一條街歡迎我們，也沒有一條街屬於我們，名字取得很友善，卻少有人對我們友善過。」

「有沒有試著去找工作？」

「遊民是天生的嗎？」我突然覺得自己好像說錯話了。

「就如隔街站壁的流鶯一樣，這裡每個遊民都有屬於自己的故事，不堪的愛情，不堪的親情，或不堪的友情，不同的是，她們出賣靈魂，而我們早已沒了靈魂。」

「其實遊民比關在監獄的人犯還難受，犯人在牢裡有牢房，有三餐，最終也有重獲自由的一天。而我們呢？居無所，餐無繼，看似自由自在，實際上卻永遠愁困在無形的心牢裡。」

流浪，似乎可以讓人變成文學家，難怪三毛愛流浪。

「那為何你們不願接受安置呢？」

「媒體經常報導，社會上很多善心人士如何設立流浪動物之家，如何的安頓遭棄養的流浪狗，又如何的讓人來領養，每則都溫馨感人。世人也將我們視如一群自棄的流浪動物，但你聽過有人設置遊民之家，或有人領養流浪漢嗎？在這裡，或許還薄有一絲的希望；被社福機構安置，就如住進安寧病房，那就連一絲希望也沒有了。」

「他棄和自棄終究不同，被棄讓人心生憐憫，自棄則是自取，人總不該先自棄後又期待別人的憐憫。」我質疑地反問著。

「自棄或他棄，那是你們的看法。到底是遊民先自絕於人群，還是世人拒遊民於千里之外？大家都用世俗的角度看待俗事，這是習慣的流俗；就如我常會看到貴婦來小公園遛狗，逗狗說狗話，把狗抱著親玩，卻鮮少看見她們推輪椅帶老人家到公園曬曬太陽或聊聊天，因為她們認為那是外傭的事，且抱小狗比推老人更添貴氣，這也是人性的流俗，一種從不被質疑的流俗。遊民期待的不是憐憫，而是機會。」

噤聲太久的緣故吧，劉世方開始滔滔不絕，雖不是完全認同他的說法，但還是耐心靜聽。

「也許你不知道，這裡常有偽善者來示好探路，剝削我們人生最後的殘值，剛才，我也以為你只是另一個示好探路的騙徒，後來發現你不是。」

「你的話是什麼意思，我不懂。」

「不只你，很多人也都不懂。這裡常有人來向遊民買身份證，每張五千元就賣了，有的拿去虛設公司賣發票；有的拿去銀行開戶，供做詐騙集團洗錢的人頭戶；有的提供給人蛇集團，以假結婚真賣淫方式引進外籍新娘；有的則較幸運，只供黑道兄弟跑路用。或許你也不知道，這裡有些遊民一輩子沒當過老闆，卻是國稅局欠稅百萬以上的大戶；有人結了婚，卻一輩子沒看過新娘。」

「你又如何認為我不是？」

「探者都是開門見山，很直接的，沒你那麼多問題。」

「你有被騙過嗎？」

「沒有。嚴格上來說不算騙，是利用，遊民並非全然不知，只是人在窮絕時，人性就見底了。我是通緝犯，連最後的殘值都沒剩。」

很多人，只習慣對偶遇的陌生人傾吐心聲，一切尷尬都會在分道揚鑣後，風隨風雨隨雨，各不相干。

「劉大哥，希望你不介意這樣稱呼你，看你談吐不俗，以前是做什麼的？有家人或小孩嗎？和家人都沒有連絡了嗎？」

「談吐不俗？」劉世方嘴角揚起一抹嗤笑。

「在這裡，談吐越不俗，表示你的心已經死殘得比別人更徹底；在這裡，每個人都希望不曾有家庭，不曾有朋友，也希望不曾有過去。在這裡，縱使有人路過認得你，也不會和你相認，我們只能偶爾向陌生人取暖。」

「前年，有位老遊民感染嚴重的蜂窩性組織炎，足足住院兩個月，家人不曾探視；去年，老遊民過馬路不幸被公車撞死，三子女比葬儀社還早到現場，在相驗檢察官面前爭吵搶屍，任憑老遊民如野狗般的橫屍街頭，為的不就是強制險理賠、喪葬補助和賠償費，對家屬而言，遊民的死比生更有價值，所以才會經常上演著搶死棄生的戲碼。」

「有家人或小孩嗎？」我再問了一次。

「家人或小孩？」劉世方側臉茫然，若有所思地深吁而嘆：「我也不知道該算有還是沒有，沒有未來的人，又何必強談過去。很多年來，我一直都只是這城市裡的默劇演員，有時一天沒有一句話，今天謝謝你，陪我聊了這麼多。」

講完後從口袋裡掏點了一節煙屁股，起身緩步離去，回望我一眼，驚見他岌岌可危的淚水，和那微跛的步履。

在他眼裡，這城市，每個軀殼都那麼的真，每一份情感都是那麼的假。而我，是他取暖的陌生人，還是另一份虛假的情感？

後來學著小吳，每隔一段時間就帶些麵包、餅乾和泡麵之類的食物去看他們，逐漸地混熟了，就聊得越來越多。

劉世方，五十二歲，嘉義東石鄉人，有個相差七歲異父異母的哥哥，母親是續弦，從小被劉家收養，高中時父母車禍雙亡，大學半工半讀，之後在鄉公所當傭員，在大哥的介紹下，娶了大哥公司裡的會計，次年太太生下一子。

由於不想屈就僱員工作，且在大哥的鼓勵下，劉世方決定自己創業，於是向鄰里親友起了一個會，大哥也主動資助五十萬，孤身北上，在台北和大哥引介的好友合開了一家公司。

在一切就緒，準備接妻小北上同住之際，突然有一天，負責財務的合夥人來電，說他人在大陸，因簽賭職棒輸了兩千多萬，都是開公司的支票，同時也挪用了公司近千萬貨款，下午討債公司的人會來逼債，要劉世方趕快離開。

當劉世方還沒搞清楚狀況時，十幾個墨鏡黑衣男，手執公司支票，一進門就砸碎幾片玻璃，帶頭老大把支票影本撒在辦公桌上：我們三分鐘就走，不用報警。和那種人合夥，不如把鈔票拿來擦屁股，公司票公司負責，兩天後我們會來收錢，收不到錢，上山下海任你選，你是聰明人，該如何自己看著辦。

「公司倒了，鄉下的會也倒了，債主告上法院，我不敢到庭而被通緝，一時間，黑白兩道都在找我，一輩子從沒那樣紅過。」

「為了躲債，在大哥的建議下，我和太太辦了假離婚，家人向警方申報失蹤人口，再聲請法院宣告死亡，這樣就可以完全切割，免於牽累妻小。我別無選擇，只能照辦。」

「離婚那天晚上，回到台北火車站，我打了幾通電話給親友，才發現自己像瘟神，當晚的火車站，成了我與世人的隔離病房，也是我遊民生涯的第一夜。從此，只有轉過院，卻不曾走出隔離病房。」

劉世方停下來喝了一口水。

「在鄉下，倒會是敗辱門風的大事，很快在鄉里間傳開，傳說我倒了上億，行蹤不明；有的傳說我拋妻棄子，捲款潛逃大陸；甚至繪聲繪影，傳說在上海的酒店看見我夜夜笙歌，就這樣，我成了村裡不名譽的一頁傳奇，很多年不敢回去，後來聽說太太也改嫁了。」

我感受到他凝重的心情和被焦慮灼燒的眼神。

「十幾年前，曾到兒子就讀的小學去看兒子，老師以略顯怪異輕薄的眼光上下打量我，問我是劉子軒的什麼人，我一時遲疑沒回話，老師急著打發我，直說小朋友在上課，等一下家長會來接他放學，要我先到校門口外去等。」

「我遠遠地躲在學校側門家長接送區對面的大樹下，不久，騎車開車來接孩子的家長，疏落的在接送區等著，其中停在較遠的一部賓士S320最顯眼，突然有一孩童一出校門，興高采烈的跑向賓士車，大喊著爸爸媽媽，當車窗搖下的那一刻，一看，車內坐著的正是我大哥和我太太，頓時，心一怔，鼻一酸，一種心痛的感覺翻湧，親情，這一瞬裡終於完全明白。等一回神，車子早已馳遠，消逝在那條不再屬於我的歸鄉路。」

劉世方語帶濃濃的鼻音，以手背拭臉，緩步往公廁的方向走去。

「劉大哥，這幾天我想過，也許是為了孩子著想，你太太才讓孩子叫你大哥爸爸，來彌補你不在的遺憾，一切只是個誤會而已，你是否應先回去弄清楚。要是真如你所想的，你不想討個公道嗎？」

「不必了，一切我自己心裡有數，法律上我早已是領死的人了，而現在的我，也只是個活死人，這一生，沒有成功，就沒有公道。」

突然，另一個遊民小王氣呼呼的急走過來：「老劉，我他媽的連兩百塊都借不到，更不要說是兩萬塊。幹！想當年他困難的時候，只要開口，我從不說二話，媽的，什麼換帖兄弟，真是個忘恩負義的狗東西，還真不知道當年我真是他媽的跟他換哪一帖，不借就不借，還盡說一些瞧不起人的酸話，幹！」

「算了吧！什麼難堪話沒聽過，又不是第一次。」劉世方一副老鳥的世故。

「你們借錢要做什麼？」。

「老劉和我想要擺攤賣烤……」

「沒什麼，只是想想而已。」不等小王說完，劉世方立刻插話打斷。

第二天，託小吳代轉了一封信給劉世方：

劉大哥，怕你當面拒絕，所以託朋友轉交，幾個月來，你扭轉了我很多原有的偏見，你說得對，遊民不是天生的，祝你成功。

從此，曾幾次經過小公園，再也沒見過劉與王。

曾經，將這段城市奇遇告訴朋友，每個人都拍案捧腹大笑，每隔一陣子就會有人拿來揶揄：「你的遊民朋友回來找你了嗎！哈哈……。」、「我想要去賣炸雞排，借我兩萬塊如何？哈哈……。」我只能苦笑無言。

一年多過去了，一通電話也沒有。

一開始，我仍堅信自己的判斷，後來，我想可能是他們失敗了，才不好意思連絡，但漸漸地，隨著時光的消逝，人性，似乎不站在我這邊。

每每看到雞排攤、香腸攤或遊民，都會不自覺地多張望一眼，試圖找尋一個在歲月中逐漸淡去的舊夢。

一個盛夏的午后，辦公桌上放著一個快遞包裹，拆開一看，是盒香腸，內附字條一張：

小老弟你好，好久不見，有事相託，明晚八點老地方見。　劉世方

一個幾乎已經淡忘的名字突然浮現眼前，既驚又喜。

一到小公園，看見兩個衣著整齊的人正在分送香腸給遊民。

「嗨！好久不見了，你看你們，都變了一個樣，我差點認不出來，最起碼年輕十歲，劉大哥，你看起來比我還年輕，小王，好時髦的牛仔褲，挺帥的嘛。」

「是啊，是你讓我們變了樣，多虧你這個整形美容師，真的感謝你。對了，陳大哥，我年底要結婚了，到時候請陳大哥一定要賞光。」小王顯得心花怒放。

「恭喜恭喜！一定到，我一定到。」

接著，他們告訴我一年多來如何靠兩萬元創業，如何擺攤賣烤香腸的種種，小王比手畫腳，洋溢著再生的青春，劉世方則詳述著想請我幫忙的另一件事的細節。

「啊！這樣好嗎？」我既驚訝又為難。

「反正我早已死了，舉目無親，不在乎多死一次，你只要幫我打通電話並跑一趟鄉下就好了，我知道這很為難你，你考慮看看，過兩天再決定不遲。」

劉世方說得委婉，但語意堅定。

小王遞給我一個紅包：「陳大哥，對不起，早該連絡你的，但老劉那龜毛個性你知道的，我說不過他，你是我們的再生父母，大恩不言謝。」

紅包很厚重，我推回給小王：「留著吧！你們會比我更懂得善用這筆錢。」

三個人在小公園閒談到深夜，那一夜，台北的星空特別亮。

「喂！請問劉世方的太太張小蕙在嗎？」

「您哪裡，有什麼事嗎？」

「我姓陳，是劉世方的朋友。」

「哪裡的朋友，他，他不在，有什麼事嗎？」電話那端顯露疑慮的謹慎。

「我是他台北的朋友。」不想兜圈，於是就開門見山。「是這樣的，劉先生公司倒了以後，寄櫃偷渡到大陸，買了一張假身份證在上海經商多年，上個月病逝，我們買通大陸殯儀館的人，已將他火化，他希望能落葉歸根，和母親葬在一起，他還有留下一卷錄音帶和一百萬給劉太太，過兩天我會將骨灰罈送去給劉太太。」

「啊！我就是劉太太，怎麼這麼突然，怎麼會這樣……。」我聽見她驚訝大於哀傷的聲音。

不論誠實或謊言，鈔票都能收買。

第三天，我與小王將骨灰罈送到劉府，到達時，已有許多好奇的人聚集，一起聆聽錄音帶。

「小蕙，我是世方，當妳聽到錄音帶時，表示我已在地獄了，因為像我一生這樣失敗的人，根本沒資格上天堂。十多年沒連絡了，很遺憾，竟是用這樣的方式和妳再相逢，一切都是怕連累妳和孩子，實在抱歉，虧欠妳們太多了，生無喜，死無悲，請將我和母親葬在一起，我已請朋友為我準備好祭文，喪事一切從簡。這些年，我在大陸做點小生意，留一百萬託朋友轉交給妳，這是我僅有的彌補，再見！」

劉太太頻頻拭淚，只是斗大淚珠不知能篩得出幾分真情。

劉世方的大哥：「唉！我老弟失蹤二十年了，雖然有許多關於他的種種傳說，我們仍期盼奇蹟出現，如今，盼到的卻是一個冰冷的骨灰罈，實在叫人難以接受，然不論生死，回家就好，身為大哥，我一定會為他補辦個告別式，辛苦你們了，謝謝。」

「這是我的連絡電話，出殯日選定後請通知我們，一百萬我們當天會帶來，請節哀。」

我只想盡速逃離現場。

出殯的前一晚我們就到劉府，入村前，已看見大花圈一個個比鄰而立，綿延上百公尺，劉府大宅燈火通明，牆內左側有幢巧手精製的紙紮大別墅，宅院正中追悼會場搭起高大的拱形牌坊，和紅藍白長方格相間的寬大帆布篷，牌坊綴滿黃白小菊花，拱頂正中紫色螢光的劉字，在燈火下耀眼奪目。

靈堂兩旁盡立著高聳的罐頭塔和羅馬柱大花籃，花籃上方有幾十幅大人物的輓聯，從五院院長、部長、立委、縣長、鄉長、到地方民代都有，甚至有幾家上市櫃公司的大老闆，個個頭銜都不凡，聯詞盡是「天縱英才」、「千古流芳」及「典範常存」之類的俗陳，每幅都妙筆生輝，仿如書法特展。

地上鋪著赭紅色的厚地毯，兩側已排滿公祭椅，每張都套有浮花印的乳白椅襯；再往前，是一大片百合花海，間襯著幾盆潔白蝴蝶蘭，更添雅緻，花海由低而高，節層延展，最上方是遺照，是張英挺的年輕舊照，眼神炯傲，像是居高臨下斜睨著人世間的痴執情仇和虛浮。

我們花了一點時間瀏覽，靈堂會場極盡奢華與鋪張，是種近乎誇張的鋪張，這場面，擺足了闊，也展現出劉家大哥的人脈和經濟實力。

「還真捨得，如果沒有輓聯和遺照，還真分不清這戶人家到底在辦喪事或喜事。」小王不自覺地自言自語。

「如果一個人的死對某些人而言是永生，那當然是喜事一樁。」我隨應著，並應俗的向劉世方的牌位上香，隨後端杯茶靜坐一角，聆聽一旁眾親友的七嘴八舌。

親友甲：「劉董真是捨得，花這麼多錢幫他弟弟辦這麼盛大的喪禮。」

親友乙：「當年他弟弟拿了他五六百萬，從沒聽他抱怨過一句，劉董確實是大肚量。」

親友丙：「什麼五六百萬？你們知道什麼，起碼這樣才正確。」丙邊說邊用手指比著「V」字型，笑瞪著大眼，得意地將手勢向眾人橫掃一圈，又接著說：「前前後後至少從兩千萬起跳，劉董這個人你們不懂，跟了他這麼多年，我最了解他了，他是怕別人把他弟弟講得太難聽，才說得保守，其實差點被他弟弟害到破產，劉董的低調是有口難言，外人都不知道。」

親友丙以劉董親信自居，浮誇地大爆獨家小道內幕，顯露著無知的輕浮。

親友丁：「都是他弟弟自己野心太大害的啦，看劉董當大老闆就眼紅，自以為大學畢業，多識幾個字，就能飛天遁地。」

親友戊：「不是聽說早就死了嗎？怎麼拖了二十年才突然死回來。」

親友乙：「屁啦！早就知道是放空氣詐死的，倒大家幾百萬的會逃到大陸，用我們的錢去花天酒地包二奶，這種人實在有夠沒天良。」

親友庚：「就是嘛，要不是劉董心軟收留他的妻兒，她們母子可就慘了。」

親友甲：「好了啦，人死都死了，死者為大，還講人家那麼多身後話，好歹人家留了一百萬。」

親友丙：「講就講怕什麼，難不成他會爬起來。什麼一百萬？明天看到了才算數，他都說自己會下地獄，我看要下十八層地獄才夠。」

親友辛：「亂講，什麼下十八層地獄，依我看，搞不好閻羅王也怕被他倒，連收都不敢收嘞。」語畢，引起哄堂大笑。

沒聽完劉世方的鄉里傳說，我們即安靜的離開那不堪的場面。

公祭前，已是人山人海，活像萬頭攢動的廟會，每個人好奇遠大於追悼。

西裝筆挺手戴白手套的司儀開場白：今天，感謝各位貴賓及眾親朋好友撥冗，不遠千里而來參加劉府世方兄的喪禮，本人在此謹代表劉府上下，向大家致上十二萬分的謝意，相信世方兄在天之靈，看見今天這麼盛大的場面，一定感到無比欣慰。首先，恭請本縣立委，也是劉董的摯友張XX張立委，為我們講幾句話，張立委這邊請。

「各位貴賓先進，各位鄉親，以及所有劉府的至親好友大家早，小弟和劉府全家淵源深厚，尤其是劉董和我，可說比親兄弟還要親，劉董的親人就是我的親人，他的兄弟就是我的兄弟，今天，世方兄不幸往生，小弟內心和大家一樣，十分的哀慟與不捨。世方兄一生勤勉奮進，事業有成，對家人悌孝友恭，對朋友情義兩重，為人樂善好施，可說是我們地方上不可多得的棟樑才俊，很遺憾，世方兄年紀輕輕即蒙主寵召，可說是天妒英才，社會的損失，今天感謝各位來參加世方兄的追悼會，也希望下屆縣議員選舉時，大家給予劉董多多支持，感謝大家。」

匆匆草草講完，大人物旋即離場，急趕著他下一場的紅白帖人生。

聽起來文情並茂，實際上卻生冷矯作，空洞無物。明明素昧平生，卻講得像歃血為盟；也明明是一個熟稔的明友，卻在大人物口中變成一個陌生的人，講得愈多愈陌生，陌生到不曾相識，仿如烏鴉變孔雀，蒼蠅變蝴蝶。

司儀：感謝張大立委百忙中抽空前來。接下來，由劉董為胞弟悼誦祭文，劉董請。

「首先，感謝各位貴賓及親朋好友，今天不遠千里來參加胞弟世方的喪禮。俗語說：夫妻好比同林鳥，兄弟本是同根生。二十年前，胞弟世方懷著理想，隻身到台北打拼築夢，是個奮進有為的青年，礙於個人能力所限，只能變賣家產資助他五百萬，後來雖因損友所累，生意失敗，不知去向，我仍盡力透過各種方法連絡，只盼財去人平安，惟世方音訊全無。二十年來，我無時無刻不為世方掛念擔心著。也曾多次勸他回來，讓我們兄弟一起共度難關，為世方，縱使傾家蕩產，我無怨無悔，但他告訴我：一個人倒總比兩個人倒來得好，這個家還需要我撐下去，一切的苦與痛，由他一人承擔。我深感愧疚，也無以彌補。世方，這二十年來，為兄對你的思念，日日夜夜未曾稍減。曾經多次，我們兄弟相逢，但相逢卻是在夢中，……」

哀樂緩緩，嗚嗚悲鳴，更添淚，更添愁。

劉董哽咽潸然，參祭者無不動容同悲。

「如今，你回來了，我們一家終於再團圓，然而，你卻幻化為一罈塵灰，把沒能見到最後一面的遺憾留給我，人生至痛，莫甚於此，為兄無德，只能辦場簡單的告別式，送你人生的最後一程，彌補萬一，來生有緣，願我們還是兄弟，還是一家人。」

說完掩面大慟。

司儀：手足濃情厚誼，感人肺腑，劉董請保重，請節哀。最後，由世方兄生前好友劉小姐代表悼誦祭文。

劉小姐走向遺照，深深一鞠躬，順手將兩個紙袋置放在祭桌上。

「對不起，我的聲音有點粗啞，請大家見諒。」

劉小姐一出聲，便吸引眾人目光，全場鴉雀無聲。

「首先，感謝各位親友，讓好友世方有這個機會告白人生，更感謝劉董，舉辦簡單得如此華麗風光的告別式，送好友世方人生最後一程。」

「世方曾說過，每個人，都只是天地間生來死去的過客罷了，生死無喜悲，如果心死也是死，每個人何嘗不是在人生中幾生幾死，又幾死幾生。二十年前，世方一個北上尋夢的決定，注定了他悲悽的人生。後來公司倒了，信用破產，黑白兩道追緝，為恐牽累妻小，世方和太太離婚，從此妻離子散，舉目無親，三餐無以為繼。」

「他處處為家，卻無處是家，這些年來，他都以撿拾來的紙板為床，如蟑螂般在城市裡最陰冷髒亂的角落偷生，在別人的剩飯裡扒食苟活，台北火車站、大小公園、公廁和天橋下，到處都有他飄散的遊魂。」

「世方曾兩度自殺，想結束他難堪失敗的一生；他也曾偷偷地回到故鄉，但故鄉已無星月，對他而言，親情的餘味，竟是如此的苦澀與不堪。世方不曾去過大陸，也沒病死他鄉，世方他……他就站在你們眼前。」

劉小姐慢慢地脫下假髮，那哽滿鼻腔裡的水早已奪眶傾洩而下，眼影粉妝流散成無堤的河，頓時，眾人瞠目結舌，一片嘩然。

「從小，我就是個不得疼的拖油瓶，一拖進劉家即遭排擠，大哥，你說我音訊全無，那又如何多次勸我回來共度難關？為何一向不友善的大哥，會突然介紹公司的會計馬上嫁給我？為何認識結婚不到八個月就生子，你們卻向我偽稱是早產兒？為何要申報失蹤，再聲請法院宣告我死亡？為何要我辦假離婚，而你們卻在趕走大嫂後真結婚？為何大哥鼓勵我北上，去和你那嗜賭如命的朋友一起創業？大哥說得是，夫妻本是同林鳥，但為何我家的同命鳥，卻始終棲息在你家的樹林中？」

劉世方接連數問，卻問不盡過往，問不盡人生，崩泣在自己靈前。

闔眼深吸一口氣，稍理情緒，劉世方緩緩地走向祭台打開紙袋：「大哥，這裡是一百萬，一半是償還當年所欠的會錢，一半是償還你當年資助我的五十萬，感謝你今天為我舉行如此風光的告別式，讓世方可以上香拜別自己，也讓世方能在眾人面前告別過往，告白真實的人生；大哥，再次感謝你，讓我生得無比淒涼，死得這般風光。」

說完，劉世方淚眼轉了方向，從胸口掏出結婚照，緩緩地撕成兩半：「小蕙，妳的眼淚不值錢。」

Collection 06

關於十四

金塊文化

作　　者：陳金漢
發 行 人：王志強
總 編 輯：余素珠
美術編輯：JOHN平面設計工作室

出 版 社：金塊文化事業有限公司
地　　址：新北市新莊區立信三街35巷2號12樓
電　　話：02-2276-8940
傳　　真：02-2276-3425
E-mail：nuggetsculture@yahoo.com.tw

匯款銀行：上海商業銀行 新莊分行（總行代號 011）
銀行帳號：25102000028053
銀行戶名：金塊文化事業有限公司

總 經 銷：商流文化事業有限公司
電　　話：02-2228-8841
印　　刷：詠富資訊科技有限公司
初版一刷：2013年1月
定　　價：新台幣240元

ISBN：978-986-88303-9-4（平裝）
如有缺頁或破損，請寄回更換

團體訂購另有優待，請電洽或傳真

國家圖書館出版品預行編目資料

關於十四 / 陳金漢著.
-- 初版. -- 新北市：金塊文化, 2013.01
232 面；15 x 21 公分. -- (Collection ; 6)
ISBN 978-986-88303-9-4(平裝)
857.63　　101026689